여자는 매일 밤 어른이 된다

여자는

매일 밤 어른이 된다

김신회 글·사진

예담

가장 어두운 밤의 위로

자기 전에 일기 쓰는 일로 하루의 속상함을 달래던 여자아이는 주민등록증을 발급 받고 나서부터 밤잠을 설치기 시작했다. 매일 새로운 고민이 생겼고 생각이 끊이지 않았으며, 그 둘에서 자유로워질 만하면 우울이 찾아왔다. 뜬눈으로 보낸 날이 늘어가는 사이에 소녀는 어영부영 어른이 됐지만, 쉽게 잠들지 못하는 습관만큼은 여전히 이어지고 있다.

　내가 누우면 내 고민도 함께 눕는다. 마음속 불안은 베개가 되고 걱정은 담요가 되어, 뒤척이고 눈을 감고 꿈을 꾸는 순간까지 곁을 떠나지 않는다. 어느 밤은 이제껏 살면서 저지른 바보 같은 짓 수백 개가 나란히 줄을 선다. 미안한 사람들의 얼굴이 차례차례 떠오른다. 가슴 아팠던 상처가 방금 일어난 일처럼 눈앞에 펼쳐지고, 밤사이 생겨난 문제들에 해 뜰 때까지 어질어질할 때도 있다.

　그러나 밤을 그렇게 잔인하게만 기억한다면 밤을 오해하는 사람이 될 거다. 소중한 사람들과의 마음 넉넉해지는 밤, 솜털 같은 가뿐함으로 맞이한 혼자만의 저녁, 사랑하는 사람의 품 안에서 보내는 새벽은 지긋지긋한 불면의 기억을 단번에 잊게 만들어줄 만큼 부드러우니까. 그런 날에는 밤에도 계절이 있음을 깨닫는다. 그 계절 속에서 바람은 매 순간 다르게 불고, 나는 그 한가운데 태평히 서서 점점 밤을 아끼는 사람이 되어간다.

밤을 향한 마음을 말로 전하는 대신 글로 남겨두었다. 수많은 밤, 얼굴을 마주한 채 나누고 싶던 이야기와 차마 전하지 못한 마음, 희미한 기억으로밖에 남지 않은 일과 추억이라 이름 붙이기에도 용기가 필요한 풍경이 빈 종이 위에 하나둘 놓였다.

말로 하면 그저 "잠이 안 와"라는 한마디로 요약되고 말 불면의 기록들. 하지만 밤이 없었다면 시작되지도 않았을, 사소해서 오히려 귀한 순간들. 이 모든 이야기가 당신이 보낼 밤에 작은 위안이 된다면 근사하지 않은 나의 밤조차 조그만 반짝임을 얻을 것이다.

　매일 밤, 길지 않은 어둠을 쪼개 쓰는 애틋한 마음들을 떠올리며 썼다. 그러느라 새벽까지 잠 못 이루는 고집스러운 사람들을 생각하며 썼다. 그렇게 꼬박 일 년의 밤을 보내고 나니, 나는 나에게 조금 마음이 놓인다.

가을의 시작, 새벽의 끝.

김신회

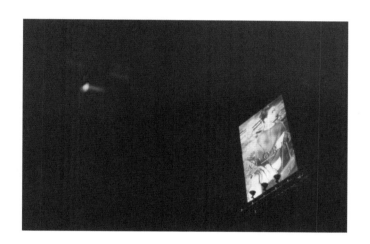

contents

2장 ··· 거의 모든 여자는   불면증이다

3장 ··· 매혹의　　　장소

4장 ··· 어둠에   빛나는 것들

one

하루 중 가장
부드러운 시간

불면이라는   나르시시즘

나 요새 불면증이야, 라고 말하는 사람에게서는 숨길 수 없는 자랑스러움이 느껴진다. 밤마다 수면욕을 뛰어넘을 만큼의 생각에 빠져 있으며, 졸음을 이길 정도의 시급한 사안에 둘러싸여 있다는 사실은 이제껏 없던 신비감을 부여한다. 푹 자서 뽀얘진 피부와 화창한 표정, 새벽 운동으로 단련한 근육을 가진 사람에게 생기와 듬직함이 있다면, 때꾼한 눈과 축 처진 어깨에 부스스한 머리를 이고 있는 사람에게는 나른함과 관능이 있다.

잠 못 이루는 밤에는 끊임없이 나와 나를 둘러싼 것들에 대해 생각한다. 그 과정에서 늘 야릇한 만족감이 끼어든다. 이렇게 고뇌하는 나, 이 작은 일로도 잠 못 이루는 예민한 나. 무심한 듯 덩어리져 있는 어둠을 쪼개고 닦고 문지르고 나란히 정렬하는 섬세한 나.

산적해 있는 문제 때문에 골치 아픈 사람도 나지만 그걸 헤쳐 나가야 하는 사람도, 애써 모른 척하거나 도망쳐버릴 사람도 나라는 결론에 도달하면 어느새 스스로에 대한 연민과 애정이 싹튼다. 뜬눈으로 밤을 보내는 사람의 마음속에서는 앞일에 대한 막연함만큼이나 대책 없는 뿌듯함과 자기애가 자라난다.

모두가 잠든 밤에 혼자 눈을 뜨고 있었다는 억울함은 타인의 관심과 애정까지 바라게 한다. 요즘 통 잠을 못 잔다는 말은 '잠들지 못하는' 사실을 전달하려는 목적이 아니다. 너도 그러니? 나도 그런데, 라는 동의를 구하려는 의도도 없다. 그저 그 말을 듣기 전보다 더 특별한 사람이 된 양 바라보는 눈빛과 너를 잠못 들게 하는 모든 이유는 그만큼 귀하고 남다른 사안일 거라는 몰입이 필요할 뿐이다.

내가 밤새도록 끌어안고 있는 고민과 생각이 아무것도 아닌 일이 아니듯, 그 고민과 생각을 이어가는 나 역시 아무것도 아닌 사람이 아니라는 사실을 알리고 싶은 마음. 그렇게 우리는 종종 잠들지 못한다는 사실을 입 밖으로 꺼내는 것으로 가까운 사람에게 걱정을 끼치고, 내가 받아야 할 애정을 확인한다.

그러므로 '나 요즘 불면증이야'라는 말은 '이런 나를 좀 다독여줘'라는 말과 다르지 않다. 그 말을 통해 몸은 괴롭더라도 마음은 위로받는다. 불면이 우리에게 안겨주는 것은 못 자서 힘든 상황이 아니라 못 자서 힘든 내가 안쓰럽고 소중하다는 실감이다.

가장 듣고 싶은

말

밤에 가장 듣고 싶은 말은
웅장한 고백도, 대단한 찬사도 아니고,
사랑해, 나 잘 자, 같은 흔한 말도
괜찮아, 같이 의미를 알 수 없는 말도 아니다.

밤에 가장 듣고 싶은 말은
"응, 그래가지고?"

무슨 생각을 갖고 있든 얘기해봐.
오늘도 분명 무슨 일이 있었겠지, 일단 꺼내놓아 봐.
요즘 너를 망설이게 만드는 게 뭔지 말해봐.

무엇이든 들을 준비가 되어 있으며,
언제든 귀 기울이고 있을 테니 털어놓아도 좋다는 한마디.

"응, 그래가지고?"는
침대에 누워서 듣는 자장가 같은,
하루치의 먹먹함을 풀어줄 손길 같은 말이다.
오늘 하루도 무사히 끝났다는 다독임이자
부드러운 밤이 곧 시작될 거라는 신호다.

너한테 　　서운하다

너한테 서운하다.

새벽에 문자메시지 한 통이 도착했다. 자는 줄 알았던 시간에 느닷없이 날아온 말에 당황하면서도 어느새 마음은 너그러워진다.

　　나는 답장을 보류하는 것으로 그 기분이 풀릴 틈을 만든다. 이런 말을 할 만한 사이가 이렇게 말한다는 것, 이 시간에 그 일곱 글자를 보낸 사람이 진짜 하고 싶은 말은 너를 좋아하는 내가 속상해, 라는 것임을 알기 때문에. 원망과 푸념을 드러내 싸울 준비를 단단히 마친 한 문장을 보고 나서야 요즘 내가 넘칠 정도로 사랑받고 있다는 걸 까먹고 있었음을 깨닫는다.

　　질투와 안타까움과 투정이 섞여 있는 서운함은 애정의 발로다. 당신을 잠시도 가만히 내버려두지 못하는 나를 어떻게 받아들여야 할지 모르겠다는 간절함이 '서운하다' 네 글자에 모두 담

겨 있다. 너를 사랑하는 일이 이렇게 힘들 줄 몰랐다, 대신 서운해, 라고 말하고, 내가 잘할게, 라는 말 대신 잠시 동안 침묵하는 것. 그 투박한 은유가 둘 사이의 간격을 기꺼이 좁혀준다.

만약 누군가가 당신에게 사랑한다는 말보다 서운해, 라는 말을 자주 한다면, 그는 스스로가 속상해질 만큼 당신을 사랑하고 있다는 뜻이다. 그래서 누군가에게 서운하다는 말을 듣는 밤이면 그 말 속에 담겨 있는 애정의 크기에 어느새 배가 부르다. 반대로 내가 누군가에게 서운하다는 말을 해야 하는 밤이면, 나도 모르는 사이에 커져버린 사랑 때문에 벅찬 심정이 된다.

누군가를 사랑하는 일보다 더 큰 애정을 필요로 하는 것은 누군가에게 서운해하는 일이다. 그 묵직한 마음을 마주한 밤에는 고마움과 미안함과 기대감에 도무지 잠을 이루지 못한다.

내 것이 아닌

밤

밤에는 내 것이 아닌 것에 대해 이야기하고 싶다.

아무리 노력해도 가질 수 없는 것들과 마주 서고 싶다.

낮은 건물 옥상에 올라가 생색내듯 부는 바람을 맞으며

보라색, 핑크색, 주황색으로 물드는 하늘을 쳐다보면서

내 것이 아닌 것들이 이렇게 마음을

두근거리게 할 수 있음을 느끼고 싶다.

밤에는 내 것이 되지 않아도 좋은 것들에 대해 떠올리고 싶다.
흩어지는 생각, 열매 맺지 못한 다짐, 한 번도 꿔보지 못한
완벽한 꿈에 대해 생각하면서
그 안에서 할 수 있는 게 없어도 상관없다고,
그럼에도 불구하고 모든 걸 놓치고 싶지 않다는
나른하고도 행복한 무력감을 되새기고 싶다.

밤에는 내 것이 되지 못한 것에 사로잡히고 싶다.
으슥한 밤길을 걷다가
불현듯 들려오는 소리에 어깨가 움츠러들 때도
단 한 사람을 떠올리며 발걸음을 재촉할 수 있다는
희망을 실감하고 싶다.
매일 밤 나를 잠 못 들게 하는 이유가
내가 아닌 당신일지라도
당신의 밤과 당신의 마음조차 내 것이 아닐지라도
그저 떠올리는 것만으로도
마음 놓이는 사람이 있다는 사실을 깨닫고 싶다.

내 것을 되새기기 좋은 밤의 시간은

내 것이 아닌 것에 대해서도 생각하기 좋은 시간.

밤은 모든 것을 위한 시간이다.

공생하는   불면주의자들

이른 새벽에, 갑자기 베개가 축축한 느낌이 들어 잠에서 깼다. 열어둔 창문 사이로 비가 들이친 줄 알았는데 그저 눈가만 푹 젖어 있다. 대체 어떤 악몽을 꿨기에 자면서까지 울었던 건지 기억은 안 났지만 축축한 베개를 만지다 보니 비참한 기분이 밀려왔다.

그대로 이불을 뒤집어쓰고 한참을 꺽꺽거리다 보니 이 답답함을 털어놓을 누군가가 있으면 좋겠다는 생각이 들었다. 몇 명의 얼굴이 떠오르다가 금세 지워진다. 이런 시간에 전화를 하면 민폐는 아닐까, 난데없이 질척한 메시지를 보내면 없어 보이지는 않을까. 지극히 현실적인 고민을 하다 보니 눈물은 말라가고 남아 있던 졸음까지 달아났다.

그런 밤에는 SNS 창을 연다. 잘 시간은 한참 지났지만 잠은 안 오고, 할 말이 있는 것 같기는 한데 그게 뭔지는 모르겠고, 누군가와 이야기를 하고 싶은데 딱히 그럴 사람이 없을 때 가는 곳이다.

새벽이 아침으로 가고 있는 시간임에도 끊임없이 새로운 뉴스들이 발생하며, 세상에는 잠 말고도 중요한 게 많다고 알려주는 불면주의자들이 공생하는 곳. 그 공간이 주는 무언의 응원에 기대어 짤막한 글 한 줄을 올린다.

　무슨 꿈을 꿨는지 모르겠는데, 자다가 깨보니 베개가 눈물로 젖어 있다.

　SNS에는 친구에게도 가족에게도 심지어 일기장한테도 털어놓기 뭐한 글을 올릴 수 있다. 새벽에 뇌리를 스치는 잡생각도, 문득 마주하는 이상한 기분에 대해서도, 취중 신세한탄도 쓸 수 있다. 내가 얼마나 못났는지 푸념할 수도 있고, 이만큼이나 잘났다며 자랑할 수도 있다.

　새벽의 타임라인은 서로의 마음이 보이지 않아도 보이는 곳이다. 누군가는 비슷한 마음으로 그 글을 읽고 있을 것이고, 누군가는 뭐 이런 바보가 다 있냐며 비웃고 있을 것이고, 누군가는 엇비슷한 글을 쓰고 지우고 올리고 또 지우고를 반복하고 있을 것이다.

한밤중에 SNS에 머무는 이들은 비슷한 정서를 갖고 있다. 내 이야기에 너무 집중해주지 않았으면 좋겠는 마음. 그렇다고 마냥 없는 사람이 되고 싶지는 않은 마음. 뭐라고 정의 내릴 수 없는 시간과 감정을 공감하고 이해받으며 함께 머물고 싶은 마음.

그런 의미에서 SNS는 일종의 불면동맹이다. 안 자거나 못 자는 사람들끼리 한쪽 눈을 찡긋하며 "안 자요? 나도 안 자는데." 정도의 한두 마디를 나누는 공간. 겨우 그 정도 사이임에도 가족, 친구, 연인에게도 하지 못한 말을 한다. 왜냐하면, 우리끼리는 서로 이해해줄 것 같으니까. 이해는 못하더라도 뭐라고는 하지 않을 것 같으니까.

그래서 잠 안 오는 밤이면 SNS 창을 연다. 거기서 눈 뜨고 있

는 불면주의자들과 잠시나마 공생하다 보면, 그 어떤 어쩔 줄 모
르겠는 밤도 별거 아닌 밤 중 하나가 된다.

꿈에 대한

의문

1. 나쁜 사람들은 매일 밤 단잠을 자는데,
   착한 사람들은 왜 눈만 감으면 나쁜 꿈을 꿀까.

2. 꿈이 현실과 정반대라면,
   꿈에서 울면 왜 베개도 온통 눈물로 젖는 걸까.

3. 왜 선명하게 보고 싶은 꿈일수록 흑백으로 꾸고,
   얼른 깨고 싶은 꿈일수록 선명한 컬러로 꿀까.

4. 안경과 렌즈를 벗고 자니까 꿈이 늘 흐릿해 보이는 건 아닐까.

5. 이어서 꾸고 싶은 꿈일수록 왜 결코 다시 꾸는 법이 없을까.

재미없는

사람

어느 날 밤에 당신이 말했다.
웃음기라고는 하나도 없이,
그 어느 때와 다름없이 진지하게.
"재미있는 사람이 되고 싶어."

심각한 얼굴 앞에서 적당한 대답을 고민하면서
속으로는 많이 힘들 것 같다고 생각했다.
재미있는 사람이 되고 싶다고 그렇게 재미없게
말하는 사람이 재미있는 사람이 될 리 없잖아.

하지만 당신은 누군가를 웃겨주는 사람은 아니지만
뜬금없이 진지한 말로 새로운 의문을 던져주는 사람.

비록 닮고 싶은 사람은 못 되더라도
더 알고 싶게는 만드는 사람.

그래서 나는 가끔 당신의 말을 떠올리고 웃는다.
결국 당신은 재미있는 사람이 된 건가.

함께 있는 동안 웃게 하는 사람은 재미있는 사람이지만
헤어지고 나서 웃게 만드는 사람은 재미없는 사람.
둘 중 누가 더 매력적인 사람인지
밤이 되고 나서야 알았다.

그 밤 일은   자꾸 생각하지 말아요

두 사람은 싱글침대 위에 서로 어깨를 기댄 채 누워 있다. 커튼
사이로 보이는 밖은 아직 푸르지만 얼마 안 있으면 해가 뜰 거
다. 그러면 두 사람은 헤어질 거다. 그러나 곧 끝날 사이라는 걸
아는 사람들일수록 그 생각을 입 밖으로 꺼내지 않는 법. 오히려
앞일을 더 구체적으로 암시하거나 미래에 대해 아무렇지 않게
내뱉으며 마지막이라는 실감을 교묘히 외면하기 마련이다.

  하룻밤 사랑의 끝이 허무하거나 서글픈 이유는 서로에 대한
감정이 설익어서거나 무책임해서가 아니다. 두 사람 모두 결국
제자리로 돌아가는 게 정답이라고 믿기 때문이다. 이건 방황이
니까. 방황은 돌아갈 곳이 있는 사람만 할 수 있는 거니까. 설령
그렇지 않다는 생각이 들어도 애써 등을 돌리는 게 최선이라고
생각하기 때문이다. 그게 그 밤과 서로를 위한 매너라고, 그게
아닌 다른 선택은 있을 수 없다고 여기는 것이다.

찰나의 순간에 마주친 서로의 눈을 피했더라면 오늘 밤의 두 사람은 없었을 거다. 물같이 흐르던 시간은 오늘이 지나면 분명 실제보다 덩치를 불리고 갖가지 채색을 더해 무럭무럭 자라날 것이다. 두 사람은 함께 보낸 시간보다 더 긴 시간을 서로에 대해 떠올리면서, 이미 빛바랜 기억을 소중한 보석인 양 움켜쥐고 살지도 모른다.

어느 날 문득 그녀는 아침밥을 먹다가 그다지 특별할 것 없는 그의 눈동자를 떠올릴 것이다. 뜨거운 커피를 마시다 그의 입술에 난 점을, 쇼윈도에 걸린 옷을 보고 그의 구겨진 리넨 셔츠를 기억해낼 것이다. 예상치도 못한 시간에 그가 안경을 올리는 동작, 물컵을 쥐는 손 모양, 화난 사람처럼 걷는 모습이 생각나서 때로는 피식 웃고 때로는 울컥할 것이다. 그 순간은 언제랄 것도 없이 불쑥 튀어나와 마음을 괴롭히고 또 한 번 이 밤을 기억나게 만들 것이다.

옆에 누운 그는 또 한 번의 만남을 기대하고 있을지도 모른다. 스스럼없이 가까워진 만큼 이 관계를 지속하는 일도 무리는 아닐 거라고 태평한 생각을 할 수도 있다. 전화도 있고, 이메일도 있으니 일 년에 한두 번쯤 만날 수도 있을 거야. 그러는 동안두 사람의 상황과 마음이 변해서 함께 있지 않고는 견딜 수 없는 사이가 될 수도 있지. 아니면 자연스럽게 기억과 감정이 소멸해버려 눈앞의 행복만 바라보며 살아갈 수도 있어, 라는 꽤 현실적인 상상을 이어갈지도 모른다.

그녀는 그를 두르고 있던 팔을 풀고 등을 돌려 누우면서 거기까지가 최선인 관계도 있다는 말을 떠올린다. 그는 그녀의 어깨에 가볍게 입을 맞추며 끝이라는 생각이 들 때 끝맺는 것도 용기라는 말을 기억해낸다. 두 사람은 어느새 차가워진 머리로 온갖 기대와 상상을 날려버리려 애쓴다. 이런 일일수록 여러 번 생각하지 않는 게 정답이라고 믿으며 아무렇지 않은 듯 서로가 아닌 쪽을 바라본다.

몇 시간 뒤, 두 사람은 최대한 가뿐하게 헤어질 것이다. 그게 영원한 마지막인지 모르는 사람처럼 손을 흔들 것이다.

그러나 아직은 자신이 없으니 짤막한 잠을 자두기로 한다. 내 마음이 미덥지 못할 때는 내 잠을 믿어보는 수밖에 없으니, 일단은 잠시 눈을 감기로 한다.

＊이 글의 제목은 이적의 노래 「비포 선라이즈」 가사에서 따왔습니다.

선물전야

늦은 밤, 누군가에게 줄 선물을 포장하고 카드를 쓰는 일은
내일 있을 한순간을 위해 하룻밤을 공들이는 일.
오직 한 사람만 생각하고 떠올리고 상상하며
밤을 채워갈 수 있다니,
선물은 받는 것보다 하는 게 더 좋은 일임이 분명하다.

사랑은   착각이야

"사랑이라는 감정은 착각이야. 누군가를 사랑한다는 건 외로움에 빠지고 싶지 않은 사람이 하는 자기합리화야. 사랑한다는 말도 자기 욕망을 그럴듯한 말로 꾸미고 싶을 때 하는 말이고. 누군가를 떠올리면서 얼굴이 붉어지거나 심장이 터질 것 같은 느낌을 경험하는 건 익숙하지 않은 상황을 만난 인체의 조건반사에 지나지 않아. 누군가를 사랑해서 그의 행복을 바라고 불행을 걱정하는 것도 그 사람 때문에 상처받을 나 자신을 미리부터 염려하는 것뿐이라고. 세상에서 제일 걱정되는 게 어떻게 나 말고 다른 사람이 될 수 있어?

자식에 대한 부모의 사랑도 마찬가지야. 그저 '내 자식'이기 때문에 그 아이가 행복하고 건강하길 바라는 것뿐이지. 게다가 부모가 생각하는 그 행복이 자식에게도 행복이라는 걸 어떻게 장담할 수 있어? 부모는 자기 스타일대로의 행복을 아이에게 경험하게 해주고 싶은 것뿐이잖아. 그게 어떻게 사랑이야, 욕심이지.

연인들의 사랑은 더 대책이 없어. 그 어떤 특별한 인연을 만나도 관계에 유효기간은 정해져 있어서 초반에 충분히 누리지 않으면 꽃이 시들고 사람이 늙는 것처럼 구차한 모습으로 변하는 일만 남는다고. 그래서 나는 사랑을 안 믿어. 사랑한다는 말도 못 믿겠어. 그래서 나를 사랑한다는 너도 못 믿겠다. 그 말은 나를 믿지 못한다는 말일지도 모르지.

그래, 나는 나도 못 믿고 너도 못 믿어. 그래서 우리는 가능성이 없어. 그러니까 우리가 사랑하고 있다고 생각하지 마. 그리고 나를 사랑한다고도 착각하지 말고."

"야."

"왜."

"너 원래 이렇게 촌스럽냐?"

"……."

"나 촌스러운 거에 약하거든. 그래서 내가 널 사랑해. 아니,
사랑한다고 착각해. 됐냐?"

칭찬은 　 밤에 하는 것

어느 날 밤, 아직 마음을 열지 않은 사람에게서 칭찬을 들은 적이 있다. 그 내용이 뭐였는지는 기억나지 않지만 그날 밤 내내 들뜨던 기분만큼은 시간이 지나도 잊히지 않는다.

생각지도 못한 사람에게서 느닷없이 들은 칭찬은 사랑하는 사람이 해주는 칭찬보다 더 강한 효력을 발휘한다. 나를 잘 모르는 타인에게 지극히 객관적인 평가를 받았다는 착각이 들기 때문에. 그 칭찬을 계기로 그가 좋아진다거나 마음을 확 열게 되지는 않더라도, 그에 대해 좀 더 자세히 알아보고 싶은 호기심은 발동한다. 알고 보니 괜찮은 사람이었잖아, 라며 다시 보게 된다. 나 역시 자세히 보면 좋은 인간인지도 몰라, 라며 스스로를 돌아보게도 된다.

밤은 사람을 붕 띄우는 데 선수다. 그런 밤의 기운을 받은 사람들은 마음에도 없는 말로 가까이 앉은 사람의 기분까지 띄워놓는다. 어쩌면 아부나 빈말에 불과할지라도, 칭찬을 듣는 밤에는 자꾸 표정이 부드러워지고, 더 잘 살아야겠다는 다짐까지 하게 된다. 밤의 칭찬은 사람을 촌스럽고 순진하게 만든다.

　그날 이후 나는 누군가를 칭찬하고 싶다면 꼭 밤에 한다. 멋쩍은 말을 멋쩍은 시간에 꺼내는 멋쩍은 행동을 감수하고서라도 마치 숨겨둔 선물을 꺼내듯 상대에게 건넨다. 그 갑작스러운 칭찬에 누군가는 당황하고 누군가는 야릇한 표정을 짓고 누군가는 그저 얼굴을 잠깐 붉히고 말겠지만, 칭찬을 들은 그 순간의 기분만큼은 좀처럼 잊히지 않을 것임을 알기 때문이다.

　어쩌면 그도 어느 밤 내가 그랬듯 속으로 더 좋은 사람이 되어야겠다고 다짐할지도 모른다. 그리고 나처럼 칭찬은 꼭 밤에 하는 새로운 버릇이 생길지도 모른다. 밤에 듣는 칭찬은 그렇게 다 큰 어른을 착한 아이로 만들어놓는 구석이 있다.

별거인

말

입 밖으로 꺼낸다고 달라질 건 없는데
무심코 뱉게 되는 말이 있다.

추워.

배고파.

힘들어.

듣는다고 해서 달라질 것도 없는데 듣고 싶은 말이 있다.

춥지?

배고프지?

힘들지?

그러고 보면 별거 아닌 말들에 마음은 구원받는 것.

별거 아닌 말들로

사람은 연결되고

사랑은 이루어지며

그래도 살 만하다, 느끼게 되는 것.

결국, 별거 아닌 말은 별거인 말.

나를 살리고 당신을 살게 하는 말.

지독하게 혼자라고 느껴지는 밤에

그 말을 들었던 순간을 떠올리면

그래도 내가 이렇게 죽진 않겠구나 싶다.

취중토로

새벽에 친구가 술을 마시고 전화를 걸어왔다. 늦은 시간에 미안하다는 말 대신 깊은 한숨부터 내쉬는 걸 보니 절친이 곤히 자는 일보다 더 급하고 억울한 일이 벌어진 모양이다.

친구는 약간 무뎌진 혀로 오늘 받은 상처에 대해 열거하기 시작했다. 밤늦은 시간에 누군가에게 전화를 거는 원인의 구십 퍼센트 이상은 '사람'. 늘 쉽지 않은 인간관계는 그렇게 취하게 하고 헤매게 하며 남의 밤잠까지 설치게 만든다.

이런 일에는 깊숙이 개입하지 않는 게 좋지만 그런 중용은 상대가 어떤 상태인지에 따라 달라진다. 만약 이 통화가 낮에 이루어졌다면 그 어느 때보다 차가운 말투로 친구의 기를 꺾어놨겠지만 오늘 밤은 무턱대고 편들기로 한다.

중간중간 아무래도 그건 좀 아닌 것 같은 말이 들려오더라도 멀쩡한 사람을 이렇게까지 만들 만큼 말도 안 되는 일이 생긴 거라고 믿기로 한다. 그의 이야기에 등장하는 모든 사람은 그의 말

대로 다 제정신이 아니고, 상식이 없고, 사람을 뭐로 아는 인간이 틀림없다는 데 묵묵히 동의하거나 맞장구를 치며 속상한 사람보다 더 속상해하기로 한다.

눈치 빠른 친구는 나의 이런 반응이 진심이 아니라는 걸 안다. 그럼에도 불구하고 무턱대고 신경질을 부리듯 다 토해내고 싶은 밤이 있는 법이다. 오늘 밤 그에게 필요한 것은 자신이 잘못되었다고 말하지 않는, 이 순간만큼은 자기를 생각해주느라 충고를 늘어놓지 않는 친구다.

스스로조차 자신이 이상하다 여겨지는 밤에는 그가 지금 얼마나 이상한지를 굳이 알려줄 필요가 없다. 가만히 듣고만 있으면 모든 게 제자리로 돌아온다. 이상했던 사람도, 이상했던 밤도 서서히 자기 자리를 찾아간다.

장시간 밀도 있게 억울함을 토로하던 친구는 더는 소모할 감정이 남아 있지 않다는 듯 전화를 끊었다. 아마 일주일쯤 뒤 다

시 전화를 걸어와 다 지나간 일이라고 웃으며 나를 또 한 번 맥
빠지게 할 테지.

그때는 오늘 차마 하지 못한 말을 꺼내야겠다. 너 그날 진짜
미친 사람 같았어. 알지? 그러면 친구는 다 안다는 듯이, 하지만
어쩔 수 없었다는 듯이 또 한 번 웃을 거다.

그럴 때 가장 좋은 복수는 며칠 뒤 내가 똑같은 추태를 부리
는 일이겠지. 그런 복수라면 당장 오늘 밤에라도 자신 있지만 일
단은 자야겠다. 그러니 이 밤에 누구보다 서러웠을 친구도 부디
그랬으면 좋겠다.

한밤의   충고

늦은 밤에 사람을 앉혀놓고 작심한 듯 꺼내는
내가 그동안 지켜봤는데,는
대놓고 주기 뭐한 물건을 예쁜 포장지에 싸서 건네는 선물.
다 너 생각해서 하는 말이야,는
세상에서 가장 교활한 거짓말.

누군가의 충고를 듣는 밤에는 정작 다른 소리가 들린다.
철컥, 하고 마음 닫히는 소리.

사과하기와   용서하기

누구나 살면서 실수를 한다,는 말은 실수한 자신에게 들려주기 참 좋은 변명이다. 이미 저질러놓은 일을 수습하지 못하고 있을 때도 어김없이 내 편이 되어준다. 하지만 그 말이 자꾸 떠오르는 일일수록 좀처럼 기억에서 사라지지 않고, 시간이 지날수록 더 묵직한 죄책감으로 마음을 누르니 난감하기만 하다.

며칠째, 누군가에게 잘못했던 기억 하나가 집요하게 나를 괴롭히는 밤이 이어졌다. 사과할 일을 저질렀는데 사과하지 않았고, 시간이 지나 친구 사이는 남남이 됐는데도 그 기억은 내 속에 든 씨앗처럼 밤만 되면 불쑥 싹을 틔웠다. 대체 이걸 어째야 하나 헤매던 밤이 벌써 이 년이 됐지만 도무지 엄두가 안 났다. 누군가에게 미안하다고 말하는 건 창피하고, 멋쩍고, 자존심 상하는 데다 커다란 용기까지 필요한 일이므로.

그러면서도 혹시 이건 사과할 수 있는 마지막 기회일지도 모른다는 생각이 든다. 용서받을 수 있는 기회가 아니라 사과할 수 있는 기회. 그걸 잡지 않으면 나중에 힘든 밤이 더 많을 것 같다는 이기적인 생각이 고개를 든다.

그러는 동안 누군가에게 사과하는 일은 결국 나를 위한 일이라는 걸 깨닫는다. 미안하다는 마음은 누군가를 미안하게 만든 나를 용서하지 못하겠다는 말이니까. 사과를 건넴으로써 그에게 용서받지 못하더라도 적어도 나에게는 용서받을 수 있는 것이다.

결국 한밤중에 이메일 창을 열었다. 단어 하나, 문장 하나를 골라가며 공들여 메일을 쓴다. 하지만 머뭇거리며 전송 버튼을 누르고서도 차마 그가 받아줄 거라는 기대는 하지 못한다. 나 같으면 곱게 괜찮다는 말이 안 나올 것 같아서. 시효가 지난 사과만큼 구차하고 치졸한 건 없으니까.

몇 시간 뒤, 답장이 도착했다. 친구는 그동안 있었던 일, 요즘 사는 이런 저런 이야기들을 한바닥 가득 쓴 다음 마지막에 딱 두 마디를 보냈다.

그런 건 문제도 안 돼. 미안해할 거 없어.

 그 두 문장을 읽는 순간 맥이 탁 풀린다. 이걸 쓰기 위해서 그는 몇 번을 고민했을까. 내가 몇 번이나 사과해야겠다고 망설였던 것처럼 그도 몇 번씩 용서하는 일을 망설였던 거다. 하지만 결국 용서하기로 용기를 낸 거다. 그 두 줄 안에 그가 보내온 편치 않은 시간이 들어 있었다.

 메일을 반복해서 읽으며 죄책감에 마음이 쓰렸다. 용서는 사과보다 더 많은 용기와 더 큰 각오가 필요한 일이라는 것이 마음으로 다가와 얼굴이 붉어졌다. 누군가를 미워하는 것은 미움받는 일보다 더 사람을 괴롭히지 않던가. 누군가의 사과를 받아주는 일은, 누군가를 미워하는 마음을 내려놓겠다는, 일종의 결단 아니겠는가.

오늘 밤, 나는 나를 위해 사과했지만 그는 우리를 위해 나를 용서했다. 누구에게 더 큰 용기가 필요했을지 알 것 같아서 창피하기만 하다. 그가 쓴 모든 문장이 가슴을 쿡쿡 찌른다.

세상에서 가장 긴

밤

모두가 몸을 어색하게 감싸는 검은 옷을 입고 있다.
모르는 사람들 사이에 내내 피하고 싶었던 사람이 보이고
이런 데가 아니면 못 볼 얼굴도,
나만큼 나를 잘 아는 사람도 보인다.

눈물이 들켜도 상관없을 무리 사이에 끼어 앉아 술을 마시고
작은 목소리로 이야기를 나누다
누군가의 농담에 나도 모르게 피식 웃고는
금세 그 모든 게 미안해진다.

이따금 들려오는 통곡에 고개를 숙이며 입을 다물고
독한 술 몇 잔을 마시고

마음에 안 드는 사람에게 가시 돋친 말도 해보지만

그게 아닌 시간은 뭘 해야 할지 모르겠어서

접시 위에 놓인 방울토마토만 만지작거린다.

발걸음을 옮길 때마다 마주치는,

억울할 정도로 밝게 웃는 네 얼굴.

차마 쳐다보지 못하고 고개를 돌리면서도 가슴이 무너진다.

하지만 정신을 차려야 한다.

나는 할 일이 있어서 온 사람이니까.

떠나는 사람이 밟고 갈 길을 닦으러 온 사람.

꽃을 바치고, 향을 피우고, 기도를 하고,

음식을 나르고, 인사를 하고,

누군가의 손을 잡고, 어깨를 끌어안고,
사진 앞에 우두커니 앉아서 눈물을 흘리고
원망하고 속상해하러 온 사람.

여기 있는 사람들은 다 나와 같은 일을 하러 온 사람들이다.
나중에 더 크게 무너지기 위해 버티고 있는,
그저 하나의 사실을 슬퍼하기 위해 모인 사람들.

그 슬픔을 위로해줄 딱 한 사람만 없는 곳에서,
세상에서 가장 긴 밤을 보내고 있는 사람들이다.

둘 중   하나

사랑하지만 좋아하지는 않아, 와
좋아하지만 사랑하지는 않아, 중에
그나마 덜 절망적인 말은 뭘까.

사랑한다고 하기에도,
좋아한다고 하기에도 애매한 누군가를
떠날 결심을 하는 지금
내가 겪고 있는 건

행복한 불행일까 아니면 불행한 행복일까.

첫날밤

단 한 번도 함께 잠들어본 적 없는 사람과 처음으로 나란히 누워 잠을 자는 날은 불편하면서도 싫지 않은 불면을 겪는다. 나 혼자 뒹굴며 자던 침대에 살짝만 몸을 돌려도 다른 이의 몸이 있고, 조금만 움직이면 누군가의 팔다리에 내 팔다리가 닿고, 나와는 다른 향기가 코끝에 닿는 느낌에 애써 눈을 감아봐도 쉽게 잠들지 못한다.

하지만 그건 분명 아늑하고 기분 좋은 불면이다. 어떤 자세로 잠을 청하는 게 좋은지, 어떻게 누워야 당신도 나도 불편하지 않을 수 있는지, 어떤 다독임과 눈빛이 당신에 대한 나의 애정을 충분히 표현할 수 있는지를 궁리하는 동안 정작 중요한 것은 잠이 아니라는 사실을 깨닫는다.

이런 밤을 몇 번 더 보내고 나면 우리는 함께 누워 자야 하는 밤에 적응하게 될 것이다. 어느 날 그런 밤이 아닌 날이 오면 더 깊은 불면을 경험하게 될지도 모른다. 그 막연한 믿음과 섣부른 기대가 좁은 침대 주변을 둥둥 떠다니고, 그걸 느끼느라 두 사람은 좀처럼 잠들지 못한다.

첫날밤은 그 모든 낯선 감촉에 익숙해지기 위한 시간이다. 그러는 동안 이 불면이 나에게만 벌어지는 일은 아니라는 것을 깨닫는 과정이다. 바로 오늘 밤이 두 사람이 공유하게 될 수많은 미래의 시작이라는 사실에 작게 감동하는 순간이기도 하다.

오늘 밤 　　소원

더 이상 누군가를 미워하지 않게 해주세요.
그 사람이 안돼서가 아니라
내가 힘들어서 그래요.

12월   31일

늦게까지 안 자는 게 용인되는 날. 술김에 실수를 해도 용서받는 날. 노는 게 요란하면 요란할수록, 쓰러지기 직전까지 몸을 움직일수록 즐길 줄 아는 사람이라는 칭찬을 듣는 날. 12월 31일은 새로운 해가 시작되기 전날이어서가 아니라 그 자체로 축제여서 온 세상이 안팎으로 불꽃을 터뜨려댄다.

하지만 나는 아무 데도 나가지 않고 혼자 창가에 멀뚱히 서 있다. 달 앞에서 한 해를 정리하기 위해서다. 활기차게 파티를 즐기는 취미가 없어도, 딱히 불러주는 데가 없어도 할 수 있는 나만의 송년회 겸 신년회를 열기 위해서다.

그 의식에는 정해진 순서가 있다. 먼저, 올 한 해를 이렇게 살겠다며 364일 전에 정해둔 단어 하나와 얼마나 가깝게 살아왔는지를 되짚어보는 일이다.

새해가 되면 단어 하나를 정해 한 해의 테마로 삼는 일은 나의 오랜 습관이다. 그 단어는 '시작'이 될 수도 있고 '사랑'이 될 수도 있고 '절약' 또는 '방종'이 될 수도 있다. 팔 위에 문신으로 새기면 유치하다며 절로 비웃음을 살 만한 단어들을 새해 시작 전에 고심해서 고르고 그 단어와 함께 한 해를 산다.

이 일에 특별한 의미나 효과는 없다. 다만 그 단어가 하나의 긴 실이 되어 변덕스러운 생각과 마음을 그나마 한 방향으로 꿰어주는 느낌이 든다고나 할까. 엉망진창인 365일이 한 단어가 새겨진 팻말 뒤로 나란히 줄을 서는 것만 같다고나 할까.

과연 올 한 해를 올해의 단어처럼 살아왔는지, 마치 숙제 검사를 하듯 일 년 동안 벌어진 굵직한 사건들을 떠올려본다. 다행히 낙제점은 아닌 것 같다. 그렇다면 내일부터는 어떤 단어를 품고 살면 좋을까. 새해에 나에게 생겼으면 좋을 것, 버렸으면 좋을 것들을 떠올려보니 후보 단어 몇 개가 지나간다. 내일이 되면 이 단어들 중 하나가 새로운 일 년을 위해 선택되겠지. 그 역사적인 순간은 몇 시간 뒤로 미뤄두어야겠다.

그다음에는 올 한 해 새롭게 만난 사람들을 떠올려본다. 새로운 인연이 된 그들에게 나는 어떤 사람이었을까. 새해에는 그들과 어떤 관계로 발전하게 될까.

올 한 해 동안 망가진 인연들에 대해서도 생각한다. 내가 잘못했던 일, 그저 억울했던 일, 누구 하나 잘한 것 없이 서로 못나게 굴었던 일을 떠올리다 보면 서서히 기분이 가라앉지만 원래 삶이란 게 모든 걸 다 가질 수는 없는 일이라고 변명해보는 수밖에. 언젠가부터 매년 새롭게 만나는 사람과 날 떠나가는 사람의 수는 비슷비슷해졌다. 새해에도 나는 새로운 사람들을 만나는 대신 가까운 사람 몇을 잃게 될지도 모른다. 그래도 뭐, 어쩔 수 없지 않나.

평소 쿨한 척하며 새해 계획도, 소원 빌기도 하지 않는다고 말하면서도 나는 매년 이 송년회를 통해 그 두 가지를 한꺼번에 하고 있는 셈이다. 올해는 작년보다 더 절망했고, 슬픈 일도 더 많이 벌어졌지만 어쨌든 그 쉽지 않던 한 해가 지나갔다는 사실에 안도한다.

새해도 마찬가지일 것이다. 좋은 일은 별로 없을 것이고 기껏 일어나는 일조차 억지로 좋은 일이라며 자위하는 것일 뿐 행복과는 하등 무관한 일들만 벌어질 가능성이 클 것이다. 그래도 올 한 해를 버텨왔듯 내년 한 해도 그럴 수 있기를. 오늘처럼 달을 마주 보고 서서 송년(送年) 겸 망년(忘年)을 하게 되기를.

가끔씩 들려오는 사람들의 웃음소리나 고함소리를 빼면 하늘의 달도 구름도 어둠도 차분하기만 한 밤이다. 밤의 한가운데 떠 있는 달이 이렇게 말하는 것 같다. 내년에도 한번 버텨봐. 어쨌든 살아내 봐. 대답 대신 창문을 열고 차가운 공기를 힘껏 마신다. 자신은 없네. 그래도 한번 해보마.

two

거의 모든 여자는
불면증이다

불면을   만들다

엿새에 걸쳐 천지창조의 과업을 달성한 신은 일요일 하루를 안식일로 삼았고, 단 하루로 엿새 동안의 피로를 해소할 수 없었던 인류는 토요일 하루를 더 쉬기로 결정했다. 이틀간의 주말을 최대한 밀도 있게 운용할 수 있는 방법을 궁리하던 사람들은 또 다른 잔꾀를 부리기 시작했는데, 바로 금요일 밤이 시작될 때부터 월요일이 시작되기 직전까지 안 자고 버티기. 졸리지만 참는 걸로, 드러눕더라도 눈은 안 감는 걸로 자발적 불면증을 만들어내는 것이다.

딱히 약속도 없고 나가기도 싫은 주말이면 밀린 영화나 드라마를 틀어두고 꾸벅꾸벅 졸면서도 절대 자지는 않는다. 읽고 싶었던 책을 펼쳐놓고 졸다가 가슴 위에 올려둔 책을 얼굴 위로 떨어뜨리는 일을 반복하면서도 결코 책장을 덮지 않는다. 그도 아니면 뻐딱하게 드러누워 밤새도록 스마트폰을 만지작거리거나, 한 시간 간격으로 자다 깨다를 반복하다 해가 진 다음에야 본격적인 휴일을 시작하기도 한다.

　가끔 부지런함을 발휘해 일찍부터 외출을 감행하는 날은 사정이 더 딱하다. 한번 나간 김에 할 수 있는 일은 모조리 해야겠다며 아침은 친구를 만나 먹고, 점심에는 결혼식에 갔다가, 오후에는 쇼핑을 하고, 저녁에는 데이트 삼아 술 한잔을 하고는 도시 일대를 산책한다.

　어느새 온몸은 야근한 날보다 더 파김치가 되어 있지만 그럴수록 발악하듯 눈을 크게 떠야 한다. 눈을 감는 순간 주말과의 기싸움에서 지는 거니까. 이 밤의 끝을 잡지 못하면 그동안 버텨온 닷새마저 물거품이 되어버리니까. 몰려오는 졸음 따위는 필사적으로 물리쳐야 한다.

　휴일은 문자 그대로 쉬는 날이지만 노는 게 쉬는 거라는 생각, 쉬는 날이란 못하던 걸 하는 날이라는 생각에 주중보다 주말에 몸은 더 혹사당한다. 가끔은 잠이 제일 좋다며 일찌감치 숙면을 취해보지만 오로지 잠으로 주말 이틀을 통째로 날려버렸을 때의 허무함은 못 자서 피곤한 월요일에 비할 게 못 된다. 주말은 자라고 있는 게 아니지 않나. 잠보다 더 중요한 걸 하라고 있는 날 아닌가.

그러나 아무리 눈 뜨고 있는 시간을 늘려봐도 일요일 밤은 늘 예상보다 부지런하게 들이닥친다. 초저녁만 되어도 마치 두고 온 게 생각난 것처럼 서둘러 집으로 돌아가는 사람들. 상점과 식당 안에는 손님보다 종업원 수가 더 많고, 아직 귀가하지 못한 이들의 얼굴에도 안 나와 있을 곳에 나와 있다는 조급함이 묻어난다.

서둘러 집으로 돌아가봤자 우리가 할 수 있는 거라고는 안 자고 버티기밖에 없다. 일요일 밤은 모두가 올빼미가 된다. 일주일 중 가장 높은 불면지수를 기록하는 날은 분명 일요일일 것이다. 하지만 그런 날일수록 눈꺼풀은 왜 그리 무거운지. 누운 지 얼마

되지도 않은 것 같은데 알람 소리가 들린다.

월요일이 오고 말았다. 제대로 쉬지 못한 이틀 때문에 온몸은 두들겨 맞은 것 같고 눈꺼풀은 턱까지 내려오지만 우리는 분명 다섯 밤만 지나면 또다시 자발적 불면증을 선택할 것이다. 주말 밤에 안 자고 버티기는 일종의 경쟁력이니까. 누가 얼마나 잠을 포기한 채 주중에 열망했던 일들을 클리어했는지가 그 인생의 풍요로움을 알려주는 수치니까.

그래서 다음 주말이 오면 어김없이 휴식 대신 피로를 선택한다. 간절한 마음으로 자발적 불면증을 겪으며 가슴 깊이 뿌듯해한다. 나는 주말과의 밀당에서 절대 지지 않을 것이라며. 월요일이 되는 순간까지 이틀을 온전히 누릴 것이라며.

위층 　　여자

자정이 넘은 시간. 자려고 누운 머리 위가 줄곧 소란스럽다. 발
끝을 들고 서둘러 걷는 소리, 무언가가 떨어지는 소리, 애써 소
리를 죽여 무거운 걸 조금씩 움직이는 소리. 위층에 누가 새로
이사 온 모양이다.

　둔하지 않은 발소리와 중간중간 느껴지는 머뭇거림과 가구의
위치를 옮기는 데 유난히 많은 시간을 들이는 것으로 보아 새 이
웃은 예민하고 신중한 사람이다. 굳이 귀를 기울이지 않고도 마
치 한 방에 있는 것처럼 들려오는 소음을 헤아리다 보니 누군가
가 몰래 촬영한 나의 이삿날 영상을 보는 것 같다.

　몇 개월 전 이 집에 들어오던 날, 나도 저렇게 새벽까지 식기
를 정리했다. 이렇게 해도 성에 안 차고 저렇게 해도 영 어색해
보여서 혼자서 소파 위치를 바꾸고 무거운 매트리스를 옮기다가
아침을 맞았다.

　그러고 보면 이사를 결심하는 것도, 이삿짐을 꾸리는 것도,

작은 짐들을 새 집에 부리는 것도 늦은 밤이 되어서야 이루어진다. 한밤의 차분한 공기와 적막에 피곤함과 쓸쓸함, 긴장과 비장함이 어우러져 비현실적인 에너지를 만들어내는 새벽이야말로 그 어느 때보다 부지런하고 씩씩해지는 시간이니까. 동틀 무렵이 되면 모든 에너지가 고갈되어 저절로 침대 위로 쓰러지지만 다음 날 밤이 되면 새로운 힘이 끓어오르고, 그렇게 몇 날 밤을 부지런히 움직이다 보면 어느새 나는 그 집과 가장 어울리는 사람이 되어 있다.

혼자 하는 이사가 어디 남일인가. 좀처럼 잠들 줄 모르는 이웃의 움직임은 소음 아닌 인사로 들린다. "위층에 이사 온 사람인데……"라며 이웃집 초인종을 누르는 대신 바지런한 움직임으로 말을 거는 것. 그럴 때는 나 역시 너그러워질 필요가 있다.

새 이웃이 건네는 쟁반을 사양 없이 받아들 듯 그 소리를 배경음악 삼아 눈을 감아본다. 나는 점점 오지랖 넓은 동네 아줌마가 되어 해주고 싶은 말을 떠올린다. 이 집은 장마철에는 제습기가 꼭 필요해요. 경비 아저씨 중에 안경 쓴 분은 무지 깐깐하니까 웬만하면 멀리하세요. 간단한 장을 보려면 1층 편의점보다 길 건너 슈퍼마켓이 더 나아요…….

전할 수 없는 말들이 머릿속에서 엉켜간다. 얼굴을 모르는 이웃이 내는 소리는 어느새 자장가가 되어 잠을 재촉한다. 그날 밤 나는 오랜만에 단잠을 잔다.

동전 크기만 한　　　기대

특별한 일이 있는 것도 아닌데
내일이 기다려지는 밤.
새로 산 수면팩을 바르고 자는 날.

내

생일

뭉개진 사람들 사이에서 또 한 번 뭉개져가며 출근을 하고
구겨진 치맛자락을 문지르며 봉지커피를 마시다
어제 못 다한 일거리를 해치우는 사이 점심시간이 됐다.

여럿이 모여 앉아 밥을 먹으면서도
오늘이 그날이라고 말하지 않은 이유는
생일을 축하받는 건 아무리 반복해도 적응이 안 돼서.
아직까지 오늘이 특별한 날이라 여기는 모습이
주책없어 보일까봐.
하지만 속으로는 장난스럽게 건네줄 한마디를 기다렸지만
모두들 끝내 입을 다물고
점심시간은 매일 같은 날처럼 지나갔다.

늦은 퇴근길.

흔들리는 지하철에 서서 열어본 휴대전화에는

몇 달 전 딱 한 번 이용한 홈쇼핑, 이 년째 못 간 피부과,

언제 가입했는지도 모를 화장품 쇼핑몰에서 온

생일 축하 쿠폰이 들어 있다.

그리고 엄마한테서도.

생일인데 맛있는 거 많이 먹었니? 미역국도 못 끓여주고.

뒤늦은 거짓말을 한다.

미역국 먹었어요. 케이크도 먹었어.

맛있는 거 많이 먹었어.

선물도 많이 받았어, 라는 말은 차마 쓰지 못한다.

집 앞 편의점에 들러 즉석미역국에 삼각김밥 하나,

맥주 두 캔을 샀다.

걸어가는 길에 맥주를 따는 건 내가 주는 생일선물.

손목에 걸려 있는 것들은 헐렁한 생일상에 올라갈 음식.

문득 얼마 전에 본 드라마의 대사가 떠오른다.

"생일케이크의 촛불에는 두 가지 의미가 있어요.

하나는 이 나이만큼 건강하게 살아왔다는 것.

또 하나는 이 세월만큼 힘내서 버텨왔다는 것."

그러고 보니

탄생을 진심으로 축복받은 지도 참 오래됐다.

누가 축하 같은 거 안 해줘도

근면하게 한 살씩 먹어가는 어른 하나가 있을 뿐.

그래도 오늘은 아직 남았다.

어쨌거나 축, 생일이야.

롱   디스턴스

우리는 하루 중 밤이 제일 어려운 사람들. 밤이 되면 서로가 가장 필요하지만 서로에게서 가장 멀리 떨어져 있는 사람들이다. 우리는 다른 아침에 눈을 뜨고, 다른 정오에 밥을 먹고, 다른 새벽에 잠이 든다. 둘 사이에 놓인 시차는 그리움의 거리, 원망의 크기, 언제 식을지 모르는 사랑의 온도다.

마음만 먹으면 당장에라도 달려갈 수 있다고 믿지만 현실은 말처럼 쉬운 일이 아니다. 서로가 서로의 일상을 이렇게도 포기하지 못한다면 우리 사이에 놓인 사랑이 먼저 자기 자리를 포기할 거라는 생각이 들어도, 매일 밤, 모니터를 사이에 두고 그저 좋은 말만 한다.

긴 시간을 들여서 이 이야기를 해야 할까 말아야 할까 고민하고, 쓸데없는 이야기인 줄 알면서도 말하고 마는, 시답잖은 연인들의 시간을 우리는 늘 뛰어넘는다. 전하지 않으면 안 되는 이야기는 늘 정해져 있기 때문이다. 서로를 그리워한다는 사실, 빨리 만났으면 좋겠다는 바람, 언제까지 이렇게 떨어져 있어야 하는 거냐는 원망. 그 이야기를 다 하고 나면 그거 말고 무슨 이야기가 더 필요할까 싶다.

떨어져 있다는 이유로 자주 싸울 수 있지만 같은 이유로 우리는 싸움조차 하지 못한다. 애틋하다가도 증오스럽고, 사랑하면서도 죽이고 싶은 날들을 반복하다 보니 대체 왜 이러고 있는 건지, 도대체 뭐가 맞는 건지도 모르는 사람들이 되어버렸다. 너라는 사람은 내가 누릴 자격 없는 값비싼 행운이자 내가 경험할 수 있는 최악의 설움이다. 대부분의 시간 동안 너는 나를 비참하게, 쓸쓸하게, 화나게 만들지만 그럼에도 좀처럼 미워지지 않는 골치 아픈 사람이다.

생사를 확인하는 통화를 마치고 나면 컴퓨터를 연다. 네가 보내준 사진, 함께 찍은 사진들을 보고 나서는 메일함을 연다. 몇 시간 전, 몇 주 전, 또는 몇 달 전 네가 보낸 문장들을 읽고 또 읽

는다. 그곳에서의 너의 시간을 헤아릴 수는 없지만 적어도 이 메일을 쓰는 동안의 풍경은 그림처럼 그릴 수 있다.

내내 뻐딱하게 앉아 있을 자세와 자주 깎아 점점 작아지는 손톱, 애지중지하는 왼쪽 손목의 가죽팔찌 두 개와 의자에 세워 올린 한쪽 다리와 돌멩이처럼 빛나는 무릎, 책상에 놓인 오래된 찻잔과 중간중간 눈을 떼지 못하게 만들 휴대전화까지. 마치 네가 내 앞에 앉아 있는 것만 같다.

너의 등을 쓰다듬듯 모니터 화면에 손을 올린다. 너의 손을 움켜쥐듯 글자를 만진다. 메일 속 문장과 사진들에 웃음이 나다가 눈물이 나다가 한다. 나는 점점 평정심을 잃는다. 안 되겠다, 내일 당장 비행기를 타야겠다,는 확신이 든다.

서둘러 인터넷 창을 열어 항공권을 검색하고, 내일 던져놓기 좋을 온갖 변명거리들을 상상한다. 한참을 그러다 문득 모든 게 지겨워진다. 갑자기 너도 지겨워진다. 컴퓨터 전원을 끄려다 말고 메일을 쓰기 시작한다. 더는 지긋지긋하다. 언제까지 이래야 되니. 하지만 언제나 그렇듯 그 메일은 너에게 가지 못하고 나에게 전송된다. 내게 쓴 메일함에는 나에게로부터 도착한 넋두리 같은 메일들이 한가득 들어 있다.

　이다음에, 정말 더는 못 참겠다 싶을 때 이 탄원서 같은 일기들을 너에게 보내고 나는 떠날 것이다. 뒤도 안 돌아보고 너를 버릴 것이다. 그날이 오기를 바라는지 아닌지 모르겠다. 그냥 이 밤이 빨리 지나가버리기나 했으면 좋겠다. 너 때문에 밤이 자꾸 싫어진다.

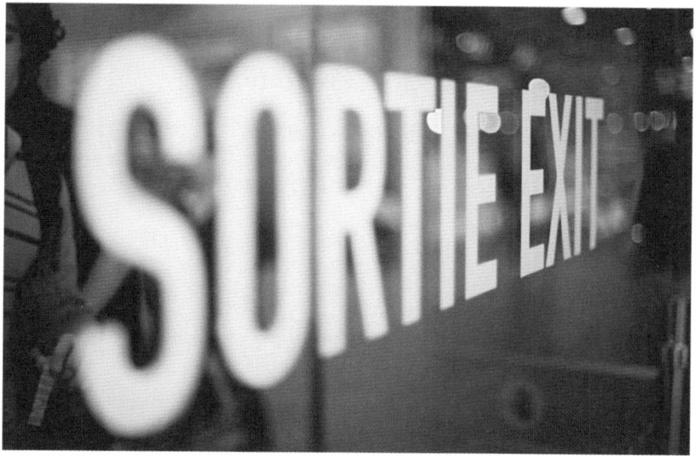
SORTIE EXIT

대화

– 더 이상 비열하게 살지 않기로 했어.

– 갑자기 무슨 소리야. 솔직하게 살겠다는 얘기야?

– 간단히 말하면 그거지. 그런데 좀 더 자세한 설명이 필요해. 예를 들어서 나한테 짝사랑하는 사람이 있다고 쳐.

– 있냐?

– 있다고 치자고. 그럼 그 마음을 전하지 않는 게 비열한 일 같지? 아니, 비열하다기보다는 솔직하지 못한 것 같잖아. 그래서 고백을 하기로 결심해. 그런데 알고 보면 그게 더 비열한 짓일 수 있다? 왜냐하면 누군가를 사랑하면 표현해야 한다는 보편적인 잣대에 나를 맞추는 거니까. 만약 진짜 내 마음이, 그 사람을 사랑하는 건 맞지만 굳이 고백해서 그를 잃을 가능성을 만들고 싶지 않은 거라면? 나를 사랑하지 않아도 좋으니까 그냥 곁에만 있어주길 바라는 거라면? 그럴 땐 고백하지 않는 게 비열하지 않은 거라고. 왠지 그래야 될 것 같으니까 내키지도 않는 행동을

하는 게 더 비열한 짓일 수 있다는 거야. 비록 쿨하지는 않더라도 평생 짝사랑만 하고 살아도 상관없다면 그 마음에 솔직하게 행동하는 게 비열하지 않은 거야.

– 으흠…… 그런데 나중에 후회할 수도 있잖아?

– 어차피 인간은 늘 후회하게 돼 있어. 어떤 결단을 내리더라도 내가 갖지 못한 것에 대해서는 계속 곱씹고 아쉬워하게 돼 있다고. 그런데 중요한 결정을 앞두고는 늘 후회하고 싶지 않다는 마음에만 사로잡혀서 떠밀리듯 엉뚱한 선택을 하게 된단 말이야. 그러면서 꼭 '후회 안 하는 척' 한다? 마음은 불편한데 어려운 결정을 내린 자신이 뿌듯하기도 하고, 번복하다가는 더 못나질 것 같고. 근데 그런 게 제일 비열한 거 아냐? 뭔가를 결정하는 데 앞서서 후회하고 싶지 않다고 생각하기보다 그때그때 감정을 따라가면 된다고.

– 그때그때 감정이 맨날 변하니까 그렇지. 사람 마음이 그렇게

쉽냐?

- 안 쉬우니까 마음이지. 변하니까 마음이라고. 그래서 허구한 날 끙끙 앓아가면서 그 마음이라는 걸 알아보려고 애쓰는 거 아냐. 근데 그런다고 알겠디? 절대로 몰라. 만약 안다고 생각해도 마음은 또 바뀌게 돼 있어. 마음이란 게 원래 그렇게 사람을 짜증나게 만드는 거야.

- 그래서? 어떻게 비열하지 않게 살겠다는 건데?

- 음……. 늘 변하기만 하는 내 마음을 너무 믿지 말고, 그걸 너무 알아보려고 애쓰지도 말고, 그냥 순간을 사는 거. 그 순간에 내가 진짜 원하는 게 뭔지 발견하는 일에 집중하는 거.

- 그건 미래가 없잖아. 사람이 늘 지금만 사나?

- 그래! 비열하지 않게 사는 건 결국 비열하게 사는 거야. 그러니까 나는 비열하지 않게 살기 위해서 비열하게 살겠다는 얘기야!

- ……됐어. 지 같은 얘기만 하고 앉아 있어.

- …….

- 근데, 누군데 그래? 그 짝사랑한다는 사람이?

불면　　재능기부

이제까지 살면서 뜬눈으로 보낸 밤 시간을 다 합쳐본다면 과연 그 숫자는 얼마쯤 될까. 만성적인 불면생활자라면 갓 태어난 아기가 유치원에 입학할 정도의 시간은 가뿐히 넘을지도 모른다. 그 시간이 아깝다는 생각이 들지 않나. 매일 밤늦게까지 안 자고 있는 상황을 어떻게든 의미 있는 방향으로 활용하는 방법은 없을까.

불면이 하나의 재능으로 인정되어 재화처럼 운용할 수 있으면 좋겠다. 뭐만 하려고 하면 잠이 와서 미치겠는 안타까운 영혼들이나 반복되는 늦잠으로 사회생활은 물론 일상생활과 인간관계마저 엉망이 된 사람들에게 불면재능을 기부하는 것이다.

아니면 그들이 가진 폭면력과 우리의 불면력을 상호 교환하는 것도 나쁘지 않겠다. 그러면 그 사람은 잠을 덜 자게 돼서 좋고, 나는 못 자던 잠을 푹 잘 수 있어서 좋으니 얼마나 공평한가. 잠이 너무 많은 사람과 잠이 모자란 사람이 짝을 이뤄서 쌍방향으로 서로의 재능을 주고받기만 하면 되니 얼마나 간단한가.

안 잔 시간만큼을 적립해둔 다음 급할 때 꿀잠으로 보답받는 건 어떨까. 수능시험이나 취직시험을 앞둔 날이나 상견례 전날, 첫 데이트를 앞둔 밤처럼 푹 자지 않고는 절대적으로 불리한 상황에서 마치 찬스를 쓰듯 자지 않고 보내온 시간만큼을 숙면할 수 있는 시간으로 전환하는 거다. 안 잔 시간만큼 수면 포인트가 쌓이고, 일정한 포인트에 도달하면 하루에 삼십 분, 세 시간…… 이런 식으로 단잠을 잘 수 있는 쿠폰이 발급된다. 이 쿠폰을 베개 밑에 놓아두면 그 시간만큼 수면에 빠져드는데, 이때는 렘수면 상태도 거치지 않은 채 바로 깊은 단잠으로 진입할 수 있다.

불면으로 인한 핸디캡의 부위를 스스로 정하는 방법도 있다. 불면 때문에 생긴 다크서클을 눈 아래가 아닌 왼쪽 엉덩이에만 생기게 한다거나, 양 볼의 뾰루지를 한쪽 발꿈치에만 제한해서 나게 하는 것이다. 그러면 하루가 멀다 하고 "어제 잠 못 잤어?"

라는 질문을 받을 필요도 없고, 거울을 볼 때마다 칙칙한 피부에 한숨 쉴 일도 없으니 얼마나 일상이 평화로워질 것인가.

긴장되는 일을 앞두고 몸은 천근만근 피곤한데도 온갖 생각 때문에 한잠도 못 자고 아침을 맞은 날. 옆자리 동료가 내리 열 시간을 깨지도 않고 잤다며 뽀얀 얼굴을 하고 올 때면 나도 모르게 울컥한다. 잠만 잘 잤어도 하지 않았을 실수 앞에서 억울할 때나 컨디션의 난조로 의욕마저 바닥날 때, 이 얄미운 불면이라는 재능을 바꿔 쓸 데는 없겠냐는 공상을 하게 된다. 결국 그러느라 잠을 못 잔다. 불면을 해결할 방법을 공상하느라 불면으로 아침을 맞는다. 그 탓에 그 어디에도 활용할 길 없는 불면재능만 자꾸 쌓여가니 이 억울함은 어디에다 호소하면 좋을까.

손톱을 깎다가

한밤중에 방바닥에 웅크리고 앉아
훌쩍 자란 손톱을 깎고 있다 보면
요 며칠 아무것도 한 게 없는 것 같아도
이만큼 정신없이 살긴 했구나 싶다.

카레

새벽의 부엌처럼 외롭고 아늑한 공간이 또 있을까. 두세 가지 무채색이 섞인, 차갑고 반듯하고 고요한 그곳에 서면 뭐든 할 수 있을 것 같으면서 아무것도 하고 싶어지지 않는다. 반질반질하게 닦인 싱크대와 도마와 칼을 보면 과일 하나라도 제대로 깎아보고 싶다는 의욕이 생기지만, 소리와 불과 움직임으로 지속되는 장소에 그 모든 게 빠져 있는 시간에는 어쩐지 다가가서는 안 될 것 같은 느낌도 든다.

그래도 유난히 잠 안 오는 새벽에는 어김없이 부엌으로 간다. 카레를 만들기 위해서. 무언가를 먹고 싶어서가 아니라 무언가를 만들고 싶을 때 카레만 한 게 또 없으니까. 감자와 당근을 씻어서 껍질을 벗기고, 천장을 쳐다보며 양파를 썰고, 사과를 갈고 방울토마토를 썰고, 프라이팬에 기름을 두르고 재료를 볶다가 냄비에 옮겨 담는 일. 그런 다음 카레가루와 물을 넣고 불을 붙이면 그때부터 기나긴 새벽이 시작되는 것이다.

카레는 요리를 즐기지 않는 사람이라면 분명 그 과정이 따분하기만 할 음식이다. 만드는 것보다 먹는 게 더 급한 사람에게도 어울리지 않는 메뉴. 혼자 나무 주걱을 든 채 부엌에 우두커니 서서 한참 동안 냄비 안을 젓고 있으면 어느새 식욕은 사라지고 딱히 안 먹어도 상관없다는 생각이 들기 때문이다.

먹고 싶지도 않은 음식을 성실하게 만들고 있다는 실감. 그게 새벽에 카레를 만드는 가장 큰 이유다. 작은 물방울을 튀기며 카레가 끓어가는, 냄비 안의 재료들이 형체를 잃고 노르스름한 갈색의 액체로 합쳐지는 모습을 그저 멍하게 바라보는 일이 이 요리의 목적이다. 그와 함께 집 안 가득 퍼져가는 카레 냄새를 안주 삼아 맥주를 홀짝거리는 일, 그게 지루해지면 음악을 듣거나 만화책을 읽으면서 냄비 안을 젓는 일이 전부다.

창밖이 푸르스름해질 즈음 카레는 완성된다. 가스레인지 옆에는 빈 맥주캔 두어 개가 찌그러져 있고, 주걱을 쥔 오른팔은 조금 뻐근하다. 구수한 냄새와 알코올 기운과 적당한 피로가 합쳐진 노란 액체는 아무리 맛을 봐도 그 맛을 모르겠어서 그냥 냄비 뚜껑을 덮고 이불 속으로 기어 들어갈 수밖에 없다.

저녁에 친구들을 불러서 같이 먹어야겠다는 작은 계획을 세우며 베개에 얼굴을 묻는다. 역시 카레 만들기는 양질의 숙면을 위한 괜찮은 선택이었다고 자부하면서. 코끝에 달라붙은 카레 냄새를 손가락으로 문지르면서 조금씩 잠에 빠져든다.

바느질   수다

한밤에 여자 셋이 모이면 바느질 수다가 시작된다. 바느질을 할 때 둘은 너무 심심하고 넷은 너무 본격적이고 셋이 딱 좋은 것처럼, 한밤에 모이기에도 둘은 너무 진지하고 넷은 좀 번잡스럽고 셋이 딱 좋다.

　세 사람이 나누는 대화의 주제는 일정하지 않고 그날의 기분도 늘 다르지만 어느새 이야기는 하나둘 꿰어지며 넓게 이어진다. 마치 자투리 천을 모아다 바느질을 하는 것처럼, 어울리지 않을 것 같던 천 조각이 알록달록한 퀼트로 완성되어가듯 수다는 꼼꼼하고 성실하게 이어진다.

　한동안 수다에 열을 올리다 잠시 분위기를 바꿔야 할 때가 오면 세 사람의 팀워크가 발휘된다. 나는 냉장고를 털어 손바닥만한 접시를 채울 음식을 몇 가지 만들고, 한 친구는 아이팟 플레이리스트를 뒤적이며 음악을 선곡하고, 또 한 친구는 테이블 위에 가득한 맥주캔을 정리하고 와인을 딴다.

아침까지 울릴 일 없는 휴대전화는 멀리 던져두고, 형광등 대신 작은 스탠드를 켜고, 스탠드도 밝다 싶을 땐 향초에 불을 붙인다. 이번엔 아까보다 더 차분한 이야기로, 할까 말까 망설였던 고민들을 하나 둘 꺼내놓는다. 대화가 어떤 방향으로 흘러갈지, 어떻게 마무리될지 생각하지 않아도 된다. 바느질 수다에 선수인 친구가 둘이나 있으니 그저 사연을 펼쳐놓기만 하면 된다.

어느새 드문드문 침묵이 찾아오면 잠시 휴식을 취할 시간이다. 그럴 땐 음악이 필요하다. 각자 휴대전화를 손에 쥐고 '옛날 노래'를 한 곡씩 번갈아 튼다. 새로운 전주가 시작될 때마다 탄성이나 야유가 새어나오거나, 누군가의 노래는 전주도 다 듣기전에 끊기고, 또 다른 가수의 노래는 앨범 전체를 들어도 아쉽기만 하다. 다 함께 좋아했던 가수의 앨범을 골라 전주만 듣고 노래 제목을 알아맞히는 퀴즈를 내거나, 맨 첫 소절 가사를 먼저 부르는 사람이 이기는 내기를 하기도 한다.

그렇게 한참 음악을 듣고 노래를 부르고 춤을 추다가 아침이 되면, 세 사람은 각기 다른 장소로 돌아간다. 다음 날 점심 즈음 잠에서 깨면 제정신이 아닌 채 기원을 알 수 없는 춤을 추고 있는 나의 동영상이 휴대전화에 도착해 있다. 그걸 보며 우리는 오후 내내 각자의 장소에서 미친 사람처럼 웃는다.

마음을 쉬고 싶을 때, 생각을 내려놓고 싶을 때 하게 되는 것이 바느질이듯 바느질 수다 역시 세 사람이 비슷하게 지쳐 있을 때 시작된다. 단, 모임은 늘 늦은 밤이 되어서야 시작된다. 어떤 이야기를 해도 후회하지 않을 것 같은 시간. 어떤 말을 들어도 받아들일 수 있는 시간. 서로에 대해서도 나에 대해서도 열려 있는 그 시간이어야 이야기는 꿰어지고 이어지기 때문이다.

각자의 자리로 돌아간 우리는 언젠가 다시 올 그 밤을 위해 이야깃거리를 모은다. 별것 아닌 이 사연이 알록달록한 한 장의 천으로 이어질 것을 믿으면서 하루하루를 견딘다. 어느 밤, 두서

없는 내 수다를 번듯한 솜씨로 매듭지어줄 친구들이 있다는 든
든함으로 또 몇 달을 버티며 산다.

어른의

밤

하고 싶은 일의 순서를 나열하던 밤이
하지 못한 일들을 되새기는 시간이 됐다.
몇 년이 더 지나야 마음대로 살 수 있는지를 세어보던 밤에
오직 마음 하나를 지키기 위해 포기해야 하는
긴 목록을 떠올리며 뒤척인다.

억울한 일은 그때보다 더 늘어나 있고,
내 것이 되지 못한 것들이 여전히 마음을 괴롭힐 줄은
여전히 상처에 강해지지도,
눈물에 익숙해지지도 않았을 거라고는 상상도 하지 못했다.
이루지 못한 소원, 지키지 못한 약속, 털어놓지 못한 고백,
진실로 변하리라 믿었던 거짓말을 가슴에 담고,

차라리 이 모든 게 존재하지도 않았던
그때를 그리워하기도 한다.

아이였을 때,
세월만 지나면 저절로 어른이 되는 게 아니라고,
어른이 되고 나서도 계속 어른스럽게 사는 건
어려운 일이라고, 말해준 이가 한 사람도 없었던 사람은
어른이 되어서도 어른이 되는 일에 대해 고민한다.

넘어지더라도 무너지지는 않아야 한다는 걸 아는 나이에도
어김없이 넘어지고, 무너지면서, 아이였을 때 겪었던
막막한 밤은 어른이 되어도 끝나지 않는다는 사실에 절망한다.

판도라의　　　상자

침대에 누워 눈을 감으려는 순간, 지금 당장 욕실 청소를 안 하면 안 될 것 같다는 생각이 들 때가 있다. 귀찮아 죽겠으면서도 이상하게 몸은 잽싸게 일으켜져서, 오밤중에 잠옷 바람에 고무장갑을 끼고 청소를 시작한다.

수납장을 열어 비누와 수건을 정리하고, 변기랑 벽이랑 바닥도 닦고 휴지통도 비우고 거울에 광도 낸다. 이미 쓴 물의 양만큼의 땀을 흘리고 샤워를 할 때면 오늘 밤은 푹 잘 수 있겠다 생각하지만, 몸을 닦고 로션을 바르는 동안 또 다른 계획이 생긴다.

난데없이 정리벽이 발동하는 밤이 있다. 그럴 때마다 몸은 늘 머릿속 생각과는 반대로 움직인다. '일단 하고 보자'가 '자야 되는데……'를 이기는 밤. 그럴 땐 어쩔 수 없이 옷장 서랍을 열 수밖에 없다.

티셔츠와 셔츠를 몽땅 꺼내서 색깔별로 접는다. 양말과 속옷은 최대한 작고 납작하게 접는다. 바지는 돌돌 말아서 주머니가 위로 가게 넣고, 외투와 재킷은 두꺼운 순서대로, 길이대로, 색깔별로 옷걸이에 건다. 머플러는 돌돌 말아 공처럼 만들고 각종 가방과 액세서리도 종류별로 찾기 쉽게 넣어둔다. 습기 제거제와 나프탈렌도 새것으로 바꿔놓는다.

옷장 정리를 다 하고 나니 이제 신발장이 마음에 걸린다. 한 번 열어만 보겠다는 마음으로 문을 열지만 그 안의 참상을 마주하고 나면 생각이 바뀐다. 이럴 때일수록 신속하게 움직여야 한다. 요즘 신는 신발을 가장 중앙에 넣고 다음 계절 신발을 그 아래, 몇 개월은 신을 일 없는 신발은 제일 위쪽에 몰아넣는다. 먼지를 털고 버릴 상자를 추리고 걸레로 신발 바닥도 쓱쓱 닦는다. 대충 끝났다 싶으면 신발장 문을 한 번 닫았다 다시 열어본다. 만족스럽다. 한 번 더 닫고 또 열어본다. 완벽하다.

드디어 손을 닦고 침대에 누워보지만, 공교롭게도 침대 바로 맞은편에는 책상이 있다. 온갖 잡동사니와 종이와 책들로 태산

을 이루고 있는 공간. 매일 밤 자기 전에 쳐다보는 것만으로도 기분을 가라앉게 하는 작업실이자 밥줄. 오늘 책상까지는 오버 야. 책상 위는 어떻게 치운다고 해도 책상 서랍만큼은 판도라의 상자잖아. 한 번 열면 좀처럼 되돌릴 수 없는, 다시는 닫을 수 없을지도 모르는 궁극의 폐허.

스스로를 달래며 눈을 감지만 책상에 대한 생각은 못 다한 숙제처럼 마음을 괴롭힌다. 안 돼, 절대 안 돼, 그러면 안 되는 거야⋯⋯. 어느새 나는 책상 앞에 앉아 있다. 서랍 손잡이를 잡은 손에 힘이 들어간다. 판도라의 상자가 열리기 전 3, 2, 1⋯⋯ 맙소사, 내가 서랍을 열고 말았어.

결국 희미하게 아침이 밝아오고, 창밖으로 새소리와 빗자루질 소리가 들려올 때까지 책상 앞에서 보낸다. 그럼에도 도무지 끝날 기미를 보이지 않으니 어쩌면 좋을까. 대체 나는 언제쯤 잘수 있을까. 오늘 밤? 아니 내일 밤도 안 될 것 같은데 이거.

특별한 날   밤에

크리스마스나 설날, 추석날 밤이 끝을 향해 달려갈수록 서서히 마음이 조급해진다. '공식적으로 특별한' 오늘이 지나기 전에 그동안 연락하지 못했던 사람에게 말이라도 걸어봐야 하나, 시들해진 관계를 복원할 수 있는 날이 있다면 그게 오늘은 아닐까. 하지만 특별한 날이 올 때마다 연락할까 말까를 고민하게 되는 사람이란 꼭 그날이 아니어도 마음에 담고 있는 사람. 명절과 공휴일이라는 특수한 상황에 놓여 있다는 현실을 적극적으로 활용해서 그 마음, 혹은 내 마음을 알아보고 싶은 사람이다.

누구에게나 기념일 같은 사람이 있다. 소식이 궁금했지만 연락할 수 없었고, 잘 사는 것으로 복수하고 싶었지만 복수도 단념도 못하고 있는 사람. 이제 와서 아무런 의미도 없다는 걸 알면서도 특별한 날만 되면 휴대전화를 손에 쥐고 수십 분쯤 고민하게 만드는 사람. 그래서 결국 이날이 지나버리기 전에 문자메시지라도 보내보자며 마음을 먹게 하는 그런 사람이 있다.

최대한 어색하지 않은, 아직도 내 매력은 건재하다는 것을 보여줄 센스 있는 문장을 완성해야 하는데 그건 말처럼 쉽지가 않다. 기껏 모아봐야 세 줄밖에 안 되는 단어들을 썼다 지웠다 새로 썼다 다시 지우고, 휴대전화를 들었다 놨다를 반복한다.

군이 메시지를 보내지 않아도 이 모든 행동에 내 마음이 보인다. 나는 아직도 당신을 생각하면 이렇게 어쩔 줄을 모른다. 꼭 오늘 같은 날이 아니더라도 그저 떠올리는 것만으로 한동안 아무것도 할 수 없는 사람이 된다. 그런데 당신에게는 내가 전혀 그런 사람이 아닐 수도 있으니 짧은 문자메시지 한 통을 보내는 데도 이렇게 많은 시간을 흘려보내야 하는 것이다.

결국 누구에게라도 좋을, 누가 봐도 단체문자스러운 두어 마디를 적고는 전송 버튼을 누른다. 휴대전화 화면에 뜬 따분하고 별 볼일 없는 문장들에 저절로 얼굴이 붉어지지만 그거 말고 더 좋은 건 생각이 안 난다. 진심은 무난하게 감춰지고, 그 어떤 오해와 추측과 의문도 생기게 하지 않는 문자였다고 안심하면서 아무 데나 휴대전화를 던져놓지만 이미 온 신경은 거기에 가 있다.

몇 분 후, 문자메시지 도착 알림이 울리고 떨리는 심정으로 휴대전화를 들여다보는 순간, 깨닫고 만다. 이미 결론난 지 오래인 두 사람의 관계를. 빤한 문자에 대한 빤한 대답. 이게 내 마음에 대한 당신의 대답이라는 것을.

유난히 살갑게 구는 것도, 아무런 반응을 보이지 않는 것도 아닌, 그저 우리는 여기까지이니 이제 그만 안녕하자고 단정하게 말하는 두어 줄의 문장에 비로소 현실을 직시한다. 사실 다 알고 있었다. 우리는 이미 오래전에 문자메시지 한 통도 나눌 필요 없는 사이가 됐다는 것쯤은. 나는 진작부터 당신을 떠올리며 아파하거나, 안타까워하지 않는 사람이 되었어야 한다. 젠장. 이제 진짜로 끝내야 하나 보다. 오늘은 특별한 날 밤이 맞다.

다

싫어

무턱대고 모든 것으로부터 도망치고 싶은 밤에는

이건 내가 시작한 일,이라는 말이 떠오른다.

그러면 모든 게 어쩔 수 없는 일이 된다.

나를 둘러싼 모든 일들이

애당초 아무도 시킨 적 없는 일이라는 걸 깨닫고 나면

도망치고 싶다는 생각 같은 건 할 수도 없게 된다.

에이 씨, 그냥 잠이나 자자,가 되는 것이다.

하지만 그럴 때일수록 잠은 안 오고

새벽이 끝나갈 때까지 뜬눈으로 뒤척이다 보면

진짜 모든 게 꼴도 보기 싫어진다.

다 싫어진다.

미드나이트   콜

아침을 깨우는 모닝콜처럼 자정이 넘어 울리는 미드나이트 콜이 있었으면 좋겠다. 전화를 받는 사람이 그 목적을 정할 수 있어서 이야기가 필요한 사람에게는 대화 상대가 되어주고, 음악을 들으면서 잠들고 싶은 사람에게는 디제이가 되어주며, 소설을 읽어주거나 자연의 소리를 들려주거나 잠 안 오는 사람 대신 양을 세어주기도 하는 전화가 있었으면 좋겠다.

만약 미드나이트 콜이 있다면 해가 질 때 즈음 전화를 예약해 둘 것이다. 그날은 일찌감치 침대로 들어가 자정이 될 때까지 그 전화만 기다릴 것이다. 약속된 시간에 방 안 가득 벨소리가 울리면 조금 뜸 들이다 전화를 받고는, 옆으로 누운 채 한쪽 귀 위에 전화기를 올려두고 잠을 청할 것이다. 전화기 너머에서 들려오는 음악에 마음을 빼앗기고, 책 읽는 소리에 귀를 기울이고, 자분자분 이어지는 이야기에 고개를 끄덕이다 보면 어떤 날은 평소보다 빨리 잠들 것이고, 어떤 날은 아예 잠들지 못할 것이다.

하지만 그 효능과는 상관없이 점점 미드나이트 콜에 기대는 날이 늘어갈 것이다. 그 안의 목소리가 내 밤의 시작과 끝을 정해주기라도 하듯 전화와 함께 밤을 열고 전화와 함께 밤을 마무리하게 될 거다.

어쩌면 내가 미드나이트 콜에게 기대하는 것은 나의 밤에 대한 적당한 개입일지 모른다. 너무 바짝 다가와 갑자기 잠 못 들게 하지도 않고, 너무 떨어져 있어 안타깝게 만들지도 않는 배려. 나처럼 변덕스럽지도, 까탈스럽지도 않은 존재를 기다리고 있는지도 모른다.

그런 사람이 어디 있다고. 넘치지 않을 정도로 다정한 타인 따위, 있을 리 없지 않나. 미드나이트 콜 같은 거, 있을 리 없는 것처럼.

충분한   밤들

불면의 밤이 늘 괴로운 것은 아니다.

비록 잠들지는 못하더라도 충분한 밤이 있다.

각각의 계절이 갖는 아름다운 밤이.

초록의 봄밤

지겨웠던 추위가 끝나고 있다는 걸 가장 먼저 알려주는 건 방 안의 작은 화분이다. 올 봄도 용케 연두색을 뿜어내는 아기 이파리를 한참 바라보고 있으면 점점 더 큰 풀과 나무가 그리워지는 법. 그럴 땐 주섬주섬 옷을 걸쳐 입고 집을 나설 수밖에 없다.

아직은 쌀쌀한 바람 안에 군데군데 숨어 있는 봄의 기운을 느끼며 동네 공원을 걷는다. 조만간 잎사귀를 터뜨릴 온갖 풀의 여린 향기를 맡으며 모르는 주민들과 눈인사를 주고받는다. 무뚝뚝한 표정에서도 봄을 기다리는 조바심과 설렘이 느껴진다.

길지 않은 산책을 마치고 집에 돌아오면 길가의 풀들처럼 온몸을 주욱 펴서 눕는다. 춥지도 덥지도 않은, 길지도 짧지도 않은 한밤의 산책 덕분에 어느새 눈꺼풀은 점점 무거워진다. 평소답지 않게 졸음이 나를 이기는 밤. 살다 보니 이런 밤도 다 있구나, 라는 나른한 체념과 함께 조금씩 잠에 빠져든다.

생맥주의 여름밤

전등을 껐는데도 방 안은 그리 어둡지 않다. 고개를 움직일 때마다 눈이 부신 이유는 블라인드 사이로 가로등보다 밝은 달빛이 비추고 있기 때문이다. 그래서인지 모두들 늦게까지 깨어 있다. 어딘가에서 아이의 삐약삐약 걸음마 소리가 들리고, 집 앞 호프집에서는 사람들이 숨이 넘어갈 듯 웃고, 덩달아 강아지까지 짖는다. 여름밤의 소음은 그 자체만으로 느긋한 풍경을 만들어낸다.

그럴 땐 나 역시 소음을 만드는 수밖에. 홑이불을 차고 일어나 음악을 틀고, 발소리를 잔뜩 내며 냉장고로 걸어간다. 차가운 캔맥주를 따서는 냉장고 문 앞에 선 채로 벌컥벌컥 마신다. 하지만 진짜 마시고 싶은 건 밖의 호프집 사람들이 마시던 생맥주. 내일은 친구에게 연락을 해봐야겠다. 진짜 생맥주는 좋은 친구와 함께, 이렇게 더운 여름밤에 마셔야 하니까.

우울의 가을밤

　문득 루시드 폴의 「바람, 어디에서 부는지」가 듣고 싶어지면
가을이 왔다는 뜻이다. 같은 노래를 반복해서 듣거나 더 우울한
음악을 찾아내다가 하염없이 동굴로 침잠해간다 싶으면 우디 앨
런의 영화를 볼 차례. 밤새 그의 영화를 보다 보면 인생은 늘 암
울하고 앞으로도 좋은 일이라고는 없을 거라는 시원찮은 생각에
사로잡힌다. 그런 새벽, 내 수첩은 알 수 없는 문장들로 가득하
고, 머릿속은 각종 생각들로 거대해져 당장에라도 터질 것 같다.
열어둔 창문으로 서늘한 바람이 불어오기라도 하면 불현듯 비참
해져서 왈칵 눈물이 쏟아지기도 한다.

　마음이 바닥까지 떨어지는 가을밤에는 우울하면 우울할수록
좋다. 굳이 그 마음을 추스를 필요도 없다. 가을밤은 나가떨어지
기 직전까지 곤두박질치라고 마련된 시간이니까. 바닥에 가 닿
겠다는 심정으로 끝까지 나를 못살게 구는 수밖에 없다.

사람들의 겨울밤

기온이 몇 년 만에 사상 최저를 기록했다는 뉴스가 들리면 사람들을 만나야 한다. 송년회를 핑계 삼아 뜨끈한 정종과 오뎅탕을 둘러싸고 그동안 못 만났던 사람들과 마주 앉아야 한다. 정작 하고 싶은 이야기는 꺼내기 그렇고, 그렇다고 하고 싶은 이야기가 딱히 있는 것도 아니지만 우리는 마냥 즐거울 것이다. 코가 얼어붙을 만큼 추운 날씨도 아무렇지 않을 것이고, 이야기는 밤보다 더 길게 이어질 것이다.

그런 밤에는 구석 자리에 앉아 제멋대로 취한 사람들을 둘러보면서 어렴풋이 안도한다. 추위는 싫지만 추운 날의 사람들은 좋다. 시끄러운 건 별로지만 추운 날의 소음은 좋다. 겨울밤은 이렇게 다정하고 시끌벅적해야 한다. 그리고 내일 또 다른 송년회가 기다리고 있어야 한다. 또 한 번의 추위를 수다와 웃음으로 데울 수 있게. 내일은 내가 제일 먼저 취해보리라 다짐하면서.

괜찮아도 괜찮을까

초등학교 때 생애 첫 수학여행을 간 날 밤은 아직까지 잊지 못할 기억으로 남아 있다. 태어나서 처음으로 정신이 쏙 빠질 정도로 즐거웠기 때문은 절대 아니고, 처음으로 낯선 감정을 겪은 날이기 때문이다.

첫날의 모든 일정이 끝난 밤에 반 아이들은 세수를 하고 이불과 베개를 하나씩 챙겨서 각자 이부자리를 깔았다. 방 안을 사선으로 횡단하며 베개싸움을 시작하고, 두런두런 모여 앉아 수다를 떨거나 좋아하는 아이가 있는 방을 기웃거리던 사춘기 소녀들 사이에서 나는 가만히 눈을 감고 누워 이 모든 소동이 끝나기만을 기다리고 있었다.

그런데 갑자기 뱃속이 텅 비는 듯한 느낌이 들기 시작했다. 혼자 낯선 풀밭에 뚝 떨어져 있는 것 같은 느낌이 이어지면서 미친 듯이 집에 가고 싶어졌다. 이건 무슨 느낌일까. 갑자기 왜 뱃속은 기분 나쁘게 간질간질한 걸까. 꿈도 아니고 환상도 아닌 풀

밤에 대한 생각은 또 뭐지.

하지만 그 수학여행 이후로 이따금 밤만 되면 뱃속이 텅 빈 듯한 느낌은 불쑥 찾아왔다. 역시나 뱃속이 간지러우면서 아무리 자세를 고쳐 앉거나 다시 누워봐도 나 혼자 뚝 떨어져나간 것 같은 느낌은 좀처럼 사라지지 않았다. 세월이 지나 그때 느꼈던 뱃속의 이상한 감촉은 외로움이었다는 걸 알게 됐다. 사람이 뱃속까지 외로움을 느끼면 마음이 아닌 몸이 먼저 반응한다는 것도 뒤늦게 깨달았다.

어느새 외로움에 익숙해진 지금은 몸이 아플 때 비슷한 경험을 한다. 때때로 원인을 알 수 없는 통증으로 방에 누워 사경을 헤매다 보면 내 몸 전체가 고독이라는 두 글자로 이루어진 것 같은 낯선 기분에 사로잡힌다. 육체는 너덜너덜해져가는 데 반해 정신은 점점 또렷해진다.

때로는 배를 잡고 누워 뒹구는 상황과는 도무지 어울리지 않는 진지하고 우아한 생각이 이어지기도 한다. 에밀 시오랑이 이야기했던가. 진정한 경험이란 오로지 병을 통해 이루어진다고. 거의 모든 병은 서정적 효과를 유발한다고. 그런 밤에는 마치 세상의 끝에 나 혼자 서 있는 기분이다. 아무리 그럴듯한 언어로 표현한다고 해도 수학여행날 밤의 그 느낌처럼 이 고통은 온전히 나만 아는, 누구도 공감할 수 없는 경험이라는 확신이 든다.

이렇게 몸이 지독하게 아플 때나 외로움을 느끼는 내가, 헛헛하다는 생각도 툴툴 털어버리게 된 내가 지겨워질 때가 있다. 그 익숙함이 진짜 익숙함인지, 그저 무신경하거나 무뎌진 건 아닌지, 그렇게 내 안에 있던 감정이 하나 둘 빠져나가는 느낌이 싫다. 이러다가 언젠가는 사랑도 지겨워지고, 누군가를 미워하는 일에도 싫증이 나고, 좋아하고 싫어하는 것도 줄어들면 나에겐 뭐가 남을까. 나중에는 아예 무언가를 느끼는 일이 불가능해지는 건 아닐까. 그렇다면 외로움에 익숙해졌다는 생각부터 털어버려야 하는 건 아닌가.

별의별 생각이 다 이어지다가 머리를 스치는 결론은 괜찮은 건 안 괜찮은 거라는 것. 아무렇지 않은 게 아무렇지 않은 게 아닌 거라는 것. 나는 괜찮지 않고, 아무렇지 않지 않은 사람이 되어야만 정말 괜찮은 사람이 될지도 모른다.

그래서 가끔은 툭하면 뱃속이 텅 빈 느낌이 들던 어린 시절이 그리워진다. 고통 속에서 철저히 혼자가 된 느낌을 손에 잡힐 듯 마주하는 밤이 차라리 반가울 때가 있다. 나는 아직 괜찮지 않은 것 같아서, 이상한 것에 대해 충분히 이상하다고 마음과 몸이 제대로 느끼고 있는 것 같아서 안심할 때가 있다.

상처받은

밤

상황에 상처받은 날에는

이제부터 이기적인 사람이 되자고 결심한다.

남이야 어떻게 생각하든 내 마음이 내키는 대로,

후회 같은 건 모른다는 듯이 행동하고

설사 후회하는 마음이 생기더라도

그 마음까지 모른 척하면서 살자고.

누군가에게 상처 주는 일에도

눈 하나 깜짝하지 않겠다고 다짐한다.

하지만 이 모든 걸 이렇게까지

꼼꼼히 계획하고 있는 사람은

진짜 이기적인 사람 같은 건 될 수 없는 사람이다.

사람에 마음을 다친 날에는

나만 믿고 살 거라고 다짐한다.

믿음이라는 것은 내 마음속 기대가

만들어낸 나약함이므로,

기대하지 않으면 상처받을 일도, 절망할 일도 없으니

모든 잘못은 아무도 시키지도 않은 기대라는 걸 한

나한테 있는 거라 생각한다.

하지만 가장 힘든 시간에

이렇게 스스로를 자책하는 사람은

세상에서 스스로를 가장 하찮게 여기는 나쁜 버릇을

고치지 못하는 사람이다.

그럴 때 차라리 마음 편해지는 생각은

내 안에 절망하는 힘이 있다면

그 절망을 추스르려는 기운도 있을 거라 믿어보는 일.

상처가 빨리 아물기를 바라기보다

언젠가 그걸 떨쳐낼 나를 믿는 일.

행여 그렇지 못하더라도 그건 내가 모자라거나

덜 큰 사람이 아니라는 말을 떠올리고는

역시 나는 구제불능이라는 생각이 든다.

이렇게 매일 밤 긍정적이고 반듯한 결론을 내는 사람이

상처에 무뎌지거나 강해질 리가 없다.

다 필요 없고 그냥 못돼지기만 하면 되는데

그게 왜 이렇게 어려운 건지.

참 못났다.

다시

만나고 나서

딱 한 번만 볼 수 있다면 더는 바랄 게 없다고
생각했던 사람을 다시 만나고 돌아온 오늘은
나를 칭찬해주고 싶어진다.
만나길 잘했다,
이제야 비로소 끝낼 수 있겠다,는 생각이 든다.

결국 내가 당신과 친구도 되지 못한 것은
한때 사랑했지만
이제는 그 사랑이 식어버렸기 때문이 아니라
한때 사랑은 했지만 결국 좋아하는 부분은
하나도 없는 사람이었기 때문이다.

그걸 알고도 단 한 번의 만남을 포기하지 못했던 건

딱 한 번만 더 만나보면

나의 이 열정은 사랑이 아니었다는 것이

내 앞에 앉은 당신처럼

선명하게 보일 것 같아서였다.

그러고 나면 나도 당신도 서로에게서

자유로워질 수 있을 거라 믿었기 때문이다.

예상은 적중했다.

돌아오는 길,

걸음을 내디딜 때마다 내 마음의 얄팍함에,

내가 품은 추억의 무기력함에 굴복하고 만다.

밤하늘을 올려다보고, 고개를 몇 번 세차게 흔들며
당신을 잊기 시작한다.
그렇게 더는 필요 없어진 종이를 잘게 찢듯이
내 안의 당신을 지우고 죽이고 날려버리는 게 가능해진다.

한숨을 쉬고 찔끔 삐져나온 눈물을 닦으면서도
역시 만나길 잘했다,는 생각이 든다.
비로소 당신을 극복할 수 있을 것 같다.
다시 만나고 나서야 나는
당신을 다시 만나지 않고도 살 수 있다는 사실을
깨닫게 됐다.

새벽의   기도

간절하게 바라는 딱 한 가지가 도무지 내 것이 되지 않는 안타까
움에 진이 다 빠졌을 때는 모두가 잠들어 있는 시간에 두 손을
모은다. 가슴을 치며, 눈물을 흘리며 가 닿지 않을지도 모를 말
을 중얼거리며 최후의 보루로 기도를 한다.

간절한 기도 끝에 얻게 되는 것은 새 서랍처럼 깨끗이 비워진
마음이다. 그 휑한 마음에 작은 깃털 하나가 날아와 앉는다. 그
깃털은 새로운 내일을 위한 청사진일 수도 있고, 지난한 과거와
의 작별일 수도 있으며, 그전보다 더한 시련이 될 수도 있다. 하
지만 이제 내 마음은 그 의미를 모두 받아들일 수 있다. 두려움,
미련, 기대도 하나 없이 맑고 순수한 체념을 가슴에 새기게 된다.

새벽의 기도는 그 준비를 위한 시도다. 간절하게 바라왔던 것
이 내 것이 되지 않더라도 담담하게 살아가겠다는 다짐, 기적처
럼 내려온 행운조차 내 손으로 만들어낸 것이 아니라는 사실을
겸허하게 받아들이겠다는 각오다.

새벽의 기도는 원하는 걸 얻기 위함이 아니다. 원해온 것이
내 것이 되지 않더라도 살아가겠다는 담대한 마음을 얻기 위함
이다.

three

매혹의
장소

침대의   목적

혼자 있을 때 하는 행동을 통해 그 사람이 어떤 사람인지 알아볼
수 있다. 자기 전 침대에서 하는 짓이 우리를 말해준다는 이야기
다. 얼핏 떠올리는 것만으로도 몹시 부끄러워진다. 아무도 그 모
습을 보지 못한다는 게, 나조차 안 보고 넘어갈 수 있다는 게 감
사할 정도다.

바로 거기에 침대의 목적이 있다. 매일 밤 주인이 품은 모든
업을 내려 받느라 점점 푹 꺼져가는 존재. 잠을 위한 곳이지만
잠보다 다른 걸 더 많이 하게 되는 곳. 침대는 하루 중 일부를 오
롯이 나로 채울 수 있게 해주는 '내 공간'이다.

낮 동안 힘든 시간을 보낼 때에도 본능적으로 내 방 침대를
떠올리게 된다. 두 다리를 쭉 뻗고 쉬고 싶을 때도, 억울하고 감
당하기 힘든 일을 겪을 때도 다 던져버리고 그 안으로 뛰어들고
싶어진다. 침대에 몸을 눕힐 때면 그게 언제든 안심이 된다. 안
심된다는 것조차 느끼지 못할 정도로 마음이 놓인다. 침대는 나

의 가장 보드라운 부위를 잘 알고 있다.

익숙한 침대시트와 이불에 몸이 닿는 순간 혼자만의 시간이 시작된다. 매일 밤 침대는 비행기가 됐다가 책상이 됐다가 카페의 소파가 됐다가 바닷가의 모래사장이 됐다가 가끔은 진짜 침대가 된다. 결말 없는 몽상이 이어지고, 생각은 살찌고, 갖가지 걱정과 고민과 감정이 모여든다.

한참을 침대 위에 누워 있으면 마치 쿠션이 가득 차 있는 방에 들어가 있는 것만 같다. 옴짝달싹할 수 있는 자유는 없지만 지극히 만족스러운 상태. 편안하고 푹신하고 보드라운 것들에 둘러싸여 뭐든 용서받는 느낌. 그 쿠션 더미 위에서는 어디든 갈 수 있고 무엇이든 할 수 있으며 어떤 생각을 하더라도 누구에게도 상처 주지 않는다.

밤에 하는 대부분의 행동은 침대 위에서 이루어진다. 침대 위에서 책을 읽고, 텔레비전을 보고, 거울을 보면서 머리를 만지고, 일기를 쓰고 사진을 찍고, 통화를 하고 인터넷을 하고, 스트레칭을 하고 마사지를 하고, 무릎에 이불을 덮은 채 야식을 먹고 술을 마신다. 매일 밤 그 안에서 가장 무례하고 게을러지지만 침대는 나의 아주 못난 부분도 그러려니 해준다.

그러다 얄팍한 졸음이 다가올 즈음이면 침대에서의 은밀한 시간도 끝이 난다. 이제껏 이어온 몽상의 끝이 허무하고 맥 빠지더라도, 긴 시간 동안 별달리 한 게 없다는 생각이 들어도 괜찮다. 침대는 눈에 보이거나 손에 잡히는 것이 아닌, 둥그렇고 희미하고 아득하고 의미 없는 것들을 하기 위한 곳이니까. 그런 영양가 없는 시간을 위해 침대는 존재한다. 목적 없음이야말로 침대가 가진 유일한 목적이 아니겠는가.

한낮인데

어두운 방

"이 집은 다 좋은데 볕이 잘 안 들어요."
집을 고르는 데 있어 채광이 우선인 사람이라면
이 집은 아니라는 이야기.
그 집은 나를 위한 집이었다.

아무리 날씨가 화창해도 365일 블라인드를 내려놓고
밤이 되면 어둠을 불편해하기보다
어둠을 더 짙게 만드는 일을 궁리하는 사람으로서
금세 그 방이 마음에 든다.

해가 뜨는 아침도 새벽처럼,
화창한 오후도 막 일몰이 시작된 것처럼,

저녁도 밤도 새벽도 모두 한밤처럼

하루 종일 어둠을 즐길 수 있는 집이라니.

아무리 게으름과 신중함을 부린다 해도

결코 다른 사람에게 빼앗기지 않을 집이지만

서둘러 이 집으로 하겠다고 나서니

부동산 아저씨는 온 얼굴로 안타까운 표정을 짓는다.

짐을 옮기고, 청소를 하고, 이삼일 집 안에 머물다 보니

하루에 채 몇 시간도 안 드는 볕에 놀라고 만다.

하지만 얼마 지나지 않아

방 안을 가득 채우는 어둠에도 농도가 있다는 사실에

언제 어디서든 밤처럼 눕거나 뒹굴 수 있고

초를 켜두면 한낮에도 새벽의 향기가 난다는 것에 감동한다.

맥주를 따면 퇴근 후의 심정이 되고

상을 차리면 저녁 식탁이 되고

라디오를 틀면 그게 언제든 새벽 방송을 듣는 기분.

새로 이사한 집은

하루에 고작 열두 시간뿐인 어둠을

스무 시간쯤으로 늘려 살 수 있는 곳이다.

이 집 덕분에 나는 더 밤에 익숙해져간다.

자꾸만 밤이 좋아진다.

심야식당

야심한 시각에 아무리 따분해도 절대 틀어서는 안 되는 드라마
가 있다. 야밤에 배고픈 사람을 더 배고프게 하려고 만든 게 틀
림없는 일본 드라마 「심야식당」. 하지만 한 번 틀면 어느새 시즌
전체를 다 보게 되고, 보다 보면 저절로 심야식당의 주인이 되는
공상에 빠지게 된다. 덕분에 나에게도 몇 년에 걸쳐 그려온 심야
식당의 밑그림이 두 개 생겼다. 하나는 어쨌든 말은 되는 식당.
하나는 어쩐지 해보고 싶은 식당이다.

말은 되는 식당

어렸을 때부터 엄마가 바깥일을 하셔서 학교가 끝나 집에 돌아가도 집에는 먹을 만한 게 없었다. 그래서 친구들 집에서 밥을 자주 얻어먹었는데 갈 때마다 엄청난 집중력으로 밥그릇을 비우고 한 그릇씩 더 먹는 바람에 늘 '밥 잘 먹는 애'로 통했다.

입맛은 어린 시절의 기억을 따라간다. 문득 출출해지는 새벽에 생각나는 음식 역시 다 큰 다음 맛을 보게 된 우리 집 밥이 아니라 친구네 집 밥상에 올라온 음식들이다.

친구 윤주의 어머니가 끓여주신 김치찌개에는 당면이 꼭 들어가고, 지영이 어머니는 어묵을 넣어 계란말이를 만드셨고, 희주 어머니는 비빔밥 위에 고추장 대신 초고추장을 쓰셨다. 물론 모두 하나같이 맛이 기가 막혔다. 어떻게 만드는지를 여쭤보면 분명 신나게 알려주실 친구 어머니들의 집밥을 바탕으로 심야식당을 차려보면 어떨까.

성북동 임 여사님의 당면 된장찌개	6,500원
가양동 박 여사님의 초고추장 비빔밥	6,000원
응봉동 최 여사님의 어묵 계란말이	8,000원
잠실 김 여사님의 궁중떡볶이	9,000원

　밥은 고봉으로 나오고, 밥을 안 남긴 손님에게만 공짜로 후식이 제공된다. 영업시간은 밤 열한 시에서 새벽 한 시까지.

　레시피대로 음식을 만들어본 후, 음식의 창시자인 어머님이 맛을 보고 "꼭 내가 만든 거 같네!"라고 말씀하시면 메뉴로 등록되는 시스템. 특별히 많이 팔리는 메뉴가 있으면 레시피를 제공한 어머님께 매달 소정의 선물을 드리는 것으로 보은한다. 콘셉트는 '남의 집 집밥'쯤 되려나. 저작권 싸움 같은 게 벌어질 정도로 대박이 날 것 같진 않지만 잘만 하면 괜찮을 것 같다.

해보고 싶은 식당

　우리나라 최초로 일본식 차밥 오차즈케 식당을 차리고 싶다. 고슬고슬하게 지은 쌀밥 위에 채소, 김, 고명을 올리고 다시마, 가쓰오부시, 새우 등을 넣고 끓인 국물을 부어 먹는 오차즈케는 위에 무리도 주지 않고, 소박한 재료로만 맛을 내서 야식 메뉴로 딱이다. 반찬은 홈메이드 간장 피클만 제공되며, 밥 위에 올라가는 재료에 따라 아래의 다섯 가지 메뉴만 판매한다.

- 메뉴 -

멸치볶음 오차즈케	7,000원
백김치 들기름볶음 오차즈케	7,000원
명란젓 오차즈케	9,000원
조기구이 오차즈케	10,000원
하와이언참치무침 오차즈케	10,000원

밤 열 시부터 새벽 두 시까지, 야행성 인간들이 가장 출출해지는 시간 동안만 영업한다. 한 그릇 음식의 특성을 살려 주방 앞으로 카운터석만 일곱 개 두어 혼자 올수록 마음 편하게 식사할 수 있다. 한 상 크게 차려진 저녁도 아니고 그렇다고 간단한 야식도 아닌, 언제 먹든 배가 든든한 한 그릇을 신속하게 제공하는 콘셉트로 운영된다.

한밤에 드라마 「심야식당」을 볼 때마다 이 공상은 더욱 구체적으로 발전한다. 돈 버는 일에는 영 자신이 없고 성실하게 지속해나갈 부지런함도 없지만 상상하는 것만으로도 뿌듯해진다. 내가 못하면 나 대신 이런 식당을 열어줄 사람은 없을까. 없겠지.

야시장

'야시장'이라는 단어를 접할 때마다 여행자의 마음은 두근거린다. 여행지에서 가장 기대하게 되는 것은 밤의 유흥이고, 그 유흥을 가장 건전하고 포만감 있게 즐길 수 있는 곳은 밤에만 여는 시장이 아니던가. 낮 동안 유명하다는 관광지를 둘러보면서도 어쩐지 찜찜한 기분으로 해가 지기를 기다리게 되는 건 그 도시 어딘가에 밤에만 서는 시장이 있기 때문이다.

풍경과 품목은 다르지만 일단은 비주얼로 승부를 보겠다는 각종 노점과 해가 지기만을 기다렸다는 듯 몰려드는 사람들의 얼굴에는 비장함이 감돈다. 그 안에서 열심히 두리번거리다 보면 남이 먹는 건 다 맛있어 보이고, 뭐라도 하나 사지 않으면 큰 손해라도 보는 것 같아서 마음이 조급해진다.

지난한 흥정의 시간 끝에도 에누리는 남고, 뭔가를 잔뜩 사들여도 정작 쓸모 있는 건 남지 않는 환각의 장소. 회화는 있으나 대화는 없는 커뮤니케이션의 장. 야시장의 진짜 매력은 그 공허

함에 있다. 조용한 밤을 잠시나마 떠들썩하게 보낼 수 있게 해주고, 늘 쥐고 있던 게 빠져나가기만 한다고 생각하며 사는 사람들에게 잠깐이나마 부자가 된 기분을 느끼게 해주는 공간이다.

야시장에 대한 애정이 꼭 여행지에서만 발휘되는 건 아니다. 이따금 스트레스를 풀고 싶을 때 비장하게 현금을 뽑아 들고 향하는 곳은 동대문 새벽시장이니까.

당초 계획은 이번 계절 꼭 필요한 셔츠 한 벌과 신발 한 켤레만 사는 거였지만, 돌아오는 길에는 두 손이 각종 비닐봉지로 가득 차 있다. 분명 저녁을 먹고 왔는데 걸음을 뗄 때마다 이것저것 주워 먹고, 산 건 없는데 지갑은 텅 비어 있고, 안 사면 큰일 날 것들로만 신중하게 고른 게 틀림없는데 하룻밤만 지나면 대체 무슨 정신으로 이런 걸 샀을까 싶은 것들이 꼭 있다. 그러면서도 헛헛한 속을 단시간에 집중적으로 달래고 싶은 순간은 시도 때도 없이 찾아와서, 그럴 때마다 또 빵빵한 지갑을 마련해서

동대문으로 달려가고 만다.

아무런 기대 없이도, 별다른 생각과 묵직한 주머니 없이도 밀도 있는 즐거움을 누릴 수 있는 곳. 밤이라서 더 좋은, 아니 밤이라서 존재할 수 있는 공간. 나만큼이나 밤을 기다려온 사람들이 모이는 곳.

따지고 보면 야시장에서 파는 것은 물건이나 음식이 아니다. 거기에서는 마음을 들뜨게 하는 공기와 새벽 한가운데를 걷고, 소비하고, 즐기고 있다는 실감을 판다. 그래서 우리는 야시장을 결코 외면하지 못한다. 지구 반대편에서도, 일상을 사는 곳에서도 울림만으로도 그렇게 마음을 들뜨게 만드는 곳은 흔치 않기 때문이다.

심호흡을 위한　　장소

한밤중에 카페테라스에 앉으면 안 좋은 일이 있는 것도 아닌데 크게 한숨을 쉬게 된다. 정확히는 한숨을 가장한 심호흡이다. 탁 트인 느낌이라고는 단 오 분도 느낄 수 없던 폐 속에 신선한 공기 한 봉지가 들어가는 기분이 들어서. 카페테라스에 앉는 순간 비로소 그날의 첫 휴식이 시작된다.

딱딱한 의자에 엉덩이를 붙이고, 뜨거운 커피를 한 모금 마시고 나면 무작정 안심이 된다. 양손 내내 들고 다니던 무거운 짐 꾸러미를 겨우 내려놓은 것처럼, 하루 종일 서 있다가 의자를 양보 받은 사람처럼 시원한 날숨을 쉬게 된다.

가끔은 그곳에 몇 사람이 모인다. 야근하다 말고 도망쳐 나온 사람, 마감이 오늘인데 시작도 못 했다는 사람, 몇 년째 안 풀리고 있는 인생이 오늘도 여전히 이어지는 중인 사람. 특별한 이유도, 심각한 사안도 없이 한밤에 한 잔의 커피와 가벼운 수다가 필요한 이들이 둥근 테이블을 가운데 두고 마주 앉는다.

이런저런 대화가 이어지는 가운데 누군가는 억울한 사연을 이야기하며 핏대를 올리고, 누군가는 그 이야기를 듣고 깔깔거리고, 따뜻한 커피로 목을 축이며 주변을 돌아보고, 멍하니 하늘을 올려다보다가 시끄러운 사방이 불현듯 조용해지면서 다 함께 천사가 지나가는 순간을 경험하기도 한다.

나누는 이야기와 각자의 상황은 평소와 다를 게 없다. 눈에 보이는 풍경이 아름다운 것도 아니고, 앉아 있는 자리가 유난히 포근한 것도 아니며, 그날의 커피가 특별히 맛있는 것도 아닌데, 그 시간과 공간은 평소보다 우리를 더 단단하게 감싼다.

머리 위에는 어두운 밤하늘이 담요처럼 깔려 있고, 밤공기 한 모금과 커피 한 모금이 번갈아가며 입속을 채우고, 짤막한 수다와 실없는 웃음, 서로의 온기가 아늑하기만 한 순간. 완벽하지는 않지만 충분한 그 시간은 오직 한밤의 카페테라스에서만 경험할 수 있다.

한밤에 낮잠 자는 기분을 맛보고 싶을 때면 카페테라스로 간다. 그렇게 의자 위에 무릎을 안고 앉아서 선물 같은 나른함, 심호흡 같은 휴식을 경험한다.

욕조의   조건

누구에게나 존재만으로 마음이 놓이는 장소가 있다. 나에게는 욕실이 그렇다. 특히 욕조에 대한 애정은 어느 누구에게도 지지 않을 만큼이라고 자부한다.

하루를 마무리하며 욕조에 몸을 담그면 그날 있었던, 다가올 성가신 일도 아무렇지 않은 일처럼 느껴진다. 아무리 통곡하고 싶은 심정이어도 어느새 눈물은 들어가고, 끓어오르던 분노도 뜨거운 물에 서서히 희석된다. 욕조는 그 색깔과 질감과 온도로 마음 깊은 곳까지 데워준다.

단, 욕조에는 정해진 조건이 있다. 욕조에 있어 가장 중요한 것은 크기가 아닌 깊이다. 사지를 접어야 겨우 들어갈 수 있는 작은 사이즈라도 어깨까지 푹 담글 수 있어야만 욕조라 부를 수 있다. 그리고 언제든 마음이 내킬 때면 몸을 담글 수 있도록 공동 목욕탕이 아닌 개인 욕실일 것. 그리고 물의 온도는 화상을 입기 직전까지 뜨거울 것.

반질반질하게 닦인 욕조에 물을 받는 일은 지루하지만 늘 설렌다. 손가락으로 대충 온도를 재서 물을 받다가 오른 발가락 끝을 넣어보고 약간 뜨겁다 싶으면 보디솔트나 허브티백을 넣는다. 목욕을 시작하기 전, 방 안에는 향초를 켜두고 냉동실에는 맥주를 넣어둔다.

자잘한 준비를 마치고 숨이 가쁠 때까지 욕조에 몸을 담그다 빠져나오면 방 안에는 좋은 향기가 가득 차 있고, 맥주캔은 손에 쥐면 소름이 돋을 정도로 차가워져 있다. 그러면 아무 데나 걸터앉아 맥주를 마시고 로션을 바르고 나서 침대로 들어간다. 이 모든 과정이 나만의 입욕 패키지인 셈이다.

그렇게 욕조에 물을 받고 그 안에 몸을 누이는 것으로 몇 번의 밤을 버텨왔는지 모른다. 뜨거운 물 안에 얼굴과 머리칼을 빠뜨리며 숨을 참고, 분홍색으로 변한 손과 다리를 쳐다보며 얼굴에 묻은 물방울을 털고, 서늘해지는 몸에 타월을 감고 종종걸음으로 걸어가면서 마음의 무게를 줄여갔다.

아무리 힘든 하루였더라도 방 안을 가득 채운 좋은 냄새를 맡으며 맥주를 마시고, 스르르 이불 속으로 들어가면 평소와 다르게 좋은 잠을 잔다. 걱정도, 꿈도 없이 단잠을 잘 수 있다.

그래서 포근한 밤으로 가기 위해서는 욕조가 필요하다. 하얗고, 무겁고, 뜨겁고, 깊은, 나만의 욕조가 필요하다.

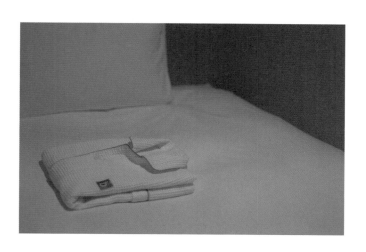

24시간   영업을 바람

잠은 안 오는데 딱히 자고 싶지도 않을 때, 그리 멀지 않은 곳으로 잠깐 나갔다 오면 참 좋을 것 같은데 그럴 때 갈 수 있는 곳이 편의점, 카페, 영화관 아니면 피시방 정도밖에 없다는 사실은 늘 안타깝다. 딱히 출출한 것도 아니고 영화도 보고 싶지 않고 게임을 좋아하지도 않는 사람은 어쩔 수 없이 천장의 벽지를 바라보며 아침이 오기를 기다려야 하는 것이다. 세상에는 이렇게도 많은 야행성 인간이 존재하는데 왜 24시간 영업하는 곳이 그렇게밖에 없을까.

24시간 영업하는 서점

밤만 되면 읽고 싶은, 사고 싶은 책이 줄을 선다. 자기 전에 침대에 누워 책을 읽다 보면 이 작가의 다른 책은 뭐가 있는지, 요새 새로 나온 책은 또 어떤 게 있는지가 궁금해지고, 전부터 읽고 싶었던 책들이 자꾸 떠오르면서 본격적으로 인터넷 서점을 검색하게 된다.

장바구니 가득 책을 집어넣으며 지금 당장 이 모두를 손에 넣고 싶다며 전전긍긍하지만 아침이 오면 그 열망은 자취를 감추고, 그날 밤 침대에 누우면 어제 했던 생각이 그대로 이어져 또 한 번 안달복달하게 된다. 그럴 때 24시간 영업을 하는 대형서점이 각 도시별로 한두 곳씩 있다면 당장 달려갈 텐데.

서점 전체에 불을 밝히고 각 코너에 직원을 배치할 필요는 없다. 24시간 동안 영업하는 별관을 따로 운영하거나, 밤에 인터넷으로 주문을 하고 바로 찾아갈 수 있는 코너를 만들거나, 차를 타고 가서 창구에서 책을 구매하는 드라이브 스루 방식도 있지 않을까.

하루 중 어떤 시간이든 원하는 시간에 책을 읽을 수 있는 서점이 있다면. 잠 안 오는 밤에 갓 손에 쥔 신간의 첫 페이지를 넘길 수 있다면. 눈 오는 밤에 서점에서 책을 읽으며 흰 눈이 가득 쌓인 새벽을 맞이할 수 있다면. 분명 우리는 책과 사랑에 빠지게 될 것이다.

새벽에도 문을 여는 미술관

모든 공기와 소리가 차분해지는 밤에 예술작품을 보면서 짤막한 산책을 할 수 있다면 우리의 감성은 더 풍요롭고 깊어질 것이다. 에드워드 호퍼나 마크 로스코, 고흐의 작품처럼 밤에 볼 때 더욱 가슴에 파고드는 작품도 따로 있지 않은가.

천장이 뚫린 구조를 이용해서 밤하늘 아래 작품을 전시하거나 어둠을 배경으로 보면 더 좋을 설치미술을 감상하는 일도 가능하겠다. 밝고 화려한 작품들은 밤하늘 아래 더욱 강렬하게 다가올 것이고, '밤'을 테마로 각기 다른 장르의 기획 전시가 열려도 흥미로울 것이다.

특히 비 내리는 날이나 귀뚜라미 소리가 들리는 여름밤이라면 매일 밤 산책하러 미술관으로 가게 되지 않을까. 밤 특유의 차분하고 조용하고 부드러운 분위기는 분명 예술작품에 대한 새로운 시각까지 갖게 해줄 것이다.

24시간 운영되는 우체국

가끔은 손글씨로 편지를 쓰고 싶을 때가 있다. 환한 보름달을 바라보며 어쩐지 마음이 들썩이는 밤이나, 한밤중에 문득 생각난 얼굴이 좀처럼 머릿속을 떠나지 않을 때면 책상 앞에 반듯하게 앉아 다정한 마음을 글씨에 꾹꾹 눌러 담아 안부를 전하고 싶어진다.

편지라는 건, 그날 쓰고 그날 보내지 않으면 어느새 부치지 못한 편지가 되어버린다. 밤에 쓴 편지를 다음 날 아침에 읽으면 도저히 부칠 수 없는 편지가 되기도 한다. 그만큼 깊은 밤에 한 사람을 생각하며 쓰는 편지는 그가 나에게 얼마나 소중한 사람인지를 깨닫게 한다. 밤의 솔직함과 감성으로 완성된 연서(戀書)는 하룻밤이 지나거나 며칠이 지난 다음이 아니라, 꼭 그 밤이 낡기 전에 가 닿아야 할 마음이다.

그날 쓴 편지를 그날 보낼 수 있는 우체국이 있었으면 좋겠다.

편지를 받는 사람에게도 그날 밤 도착되어야 함은 물론이다. 오늘 밤의 마음을 오늘 밤에 전할 수 있다면 연애는 더 낭만적일 것이고, 우정은 더 진해질 것이며, 그 밤은 더욱 달콤해질 것이다.

골목길　　　만화방

어렸을 때는 겨울이 오면 동네를 돌아다니며 찹쌀떡과 메밀묵을 파는 아저씨가 있었다. 동네 구석구석을 울리며 잠을 깨우는 목소리를 듣는 밤이면, 심장이 마구 두근거리면서 무작정 밖으로 뛰쳐나가고 싶었다. 하지만 마치 점심시간을 알리는 벨소리를 들은 것처럼 마음이 급해지던 추억도 겨울이 와도 더는 들리지 않게 된 아저씨의 음성과 함께 서서히 사라져갔다.

　언제가 됐든 심야 골목길 영업이 다시 성행했으면 좋겠다. 단, 건강을 위해 야식이 아니라 다른 형태로. 만약 한밤에 골목을 돌아다니며 만화책을 빌려주는 아저씨가 있으면 어떨까.

　"만화책이요! 새로 나온 만화 있어요!"

　아저씨는 각종 만화책을 폭 오십 센티미터 정도의 세 단짜리 나무 책꽂이에 가득 싣고 자전거를 타고 다니며 외친다. 그 소리를 들은 동네 사람들은 찹쌀떡과 메밀묵을 살 때처럼 창문 밖으로 얼굴을 내밀고 크고 짧게 소리친 다음 밖으로 뛰어나간다.

책꽂이에 가득 찬 '오늘의 만화책 메뉴'. 그중에서 뭘 빌려야 할지 영 감이 안 올 때는 아저씨의 작품 소개 및 해설에 귀를 기울이고, 신간은 뭔지 물어보기도 한다. 그 와중에 책꽂이 구석에 놓인, 신간 같지는 않은데도 손때가 전혀 묻지 않은 만화책이 눈에 띄고, 뭐냐고 물으면 아저씨는 머쓱하다는 듯 웃으며 대답한다. "제가 쓴 건데 한번 읽어보시든가요."

만화책을 다루는 사람답게 주인아저씨의 캐릭터도 매상에 영향을 미칠 것 같다. 장르에 국한되지 않는, 무협지도 좋아하고 음식만화도 좋아하고 순정만화도 눈물을 펑펑 쏟으며 읽는 전천후 만화 마니아라면 가장 좋겠다.

복장은 마치 '운동 삼아 하는 겁니다'라고 말하듯 레이싱용 자전거를 타고 바이크용 쫄쫄이 바지에 헬멧까지 착용하면 어떨지. 만화책을 좋아하지 않는 사람이라도, 저 사람은 도대체 뭐 하는 사람인가 싶어 말이라도 붙여보고 싶은 마음에 "여기요, 잠깐

만요!"를 외치게 되지 않을까. 그렇게 아저씨는 새벽 내내 동네를 돌고 또 돌면서 '운동 삼아' 심야 골목길 영업을 뛰는 것이다.

아저씨가 자전거를 세우는 지점에 호빵이나 군고구마를 파는 아저씨가 있다면 금상첨화겠다. 아니면 핫초코나 생강차를 파는 언니라든가. 이 세 가지 아이템이 번갈아가며 동네 골목을 도는 모습을 상상하는 것만으로도 마음이 뜨끈해진다. 기꺼운 숙제 같은 만화책 한 질 옆에 따뜻한 간식과 차가 놓여 있는 풍경. 그 것만큼 완벽한 겨울밤이 또 있을까.

국경의 밤

공항에는 계절이 없다. 국적도 없고 낮과 밤도 없으며 자비도 없다. 세계 어느 나라를 가든 공항의 직원들은 '무조건 쌀쌀맞을 것'이라는 지령이라도 받은 듯 냉담하고, 어느 식당에서도 맛과 향과 식감을 음미하면서 먹을 만한 음식은 취급하지 않으며, 삭막한 구조와 차가운 설비, 습도 낮은 공기도 비슷하다. 그런데도 왜 그곳에 가기만 하면 마음이 동하는 걸까. 공항은 세상에서 가장 인간 대접을 못 받는 곳이면서도 가장 마음을 설레게 만드는 이상한 장소다.

대신 공항에는 수많은 섬이 있다. 어느 정도의 긴장과 자의식, 두근거림이 적당히 섞여 경직되거나 실실대거나 뭐가 뭔지 모르겠는 표정을 번갈아 짓는 사람들. 일상과 변화의 경계에서 뭐라도 찾아보겠다며 발걸음을 옮긴 사람들. 공항은 이제부터 믿을 거라고는 나 하나밖에 없는 온갖 섬들의 세상이다.

비행기에 오르고 나면 본격적으로 섬으로서의 움직임이 시작된다. 그건 바로 철저하게 혼자가 되는 일이다. 비행기 좌석에 앉는 순간 혼자 시간을 보내는 법을 터득해야 한다. 하지만 그건 그리 어려운 일이 아니다. 비행기 좌석에서 우리가 하는 행동은 매일 밤 잠들기 전에 취하는 행동과 비슷하기 때문이다.

누군가는 끊임없이 뭔가를 먹고 마시고(야식 먹기), 누군가는 일찌감치 눈을 감거나(조기 취침), 시간을 쪼개 영화를 보거나 책을 읽고(몰입, 습득, 또는 시간 죽이기), 잡지를 뒤적거리며 쇼핑할 거리를 찾거나(인터넷 쇼핑), 나 말고 다른 사람들은 뭘 하고 있는지 두리번거린다(SNS 살피기). 어떤 행동을 선택하든 비행기 안에서는 섬으로서의 고독과 적막을 충분히 즐길 수 있다.

밤이 되면 비행기 안에도 어둠이 찾아온다. 사람들은 서서히 말수를 줄이고 담요를 끌어 올려 잠을 청하지만, 올빼미 섬들은 이때부터 가장 활발해진다. 오직 내 얼굴 위로만 불빛이 비추는 자리에서 가장 편안한 자세를 만들고 자기 전 침대맡에서의 행동을 시작한다. 두고 온 한 사람을 실컷 생각하거나, 어두운 창 밖을 하염없이 바라보거나, 곧 펼쳐질 앞일을 그려보며 미리부터 긴장하면서 밤 같은 밤, 섬다운 시간을 보낸다.

어느새 안전벨트를 매달라는 기내 안내방송이 흐르면 비행기 안에도 해가 뜬다. 진짜 여행의 시작을 알리는 사인이 소리 없이 울리고, 섬으로서의 시간에 적응된 몸은 이제 정말 나만 믿어야 하는 섬으로서의 여정에 발을 내딛는다. 비행기에서 내리자마자 여전히 쌀쌀맞은 그곳의 직원들을 대면하고, 짐을 찾고, 도시로 가는 탈것을 알아보며 낯선 곳에서의 하루를 맞이한다.

그 길이 내 방 침대에서 보내는 밤 시간처럼 아늑하지 않다고 해도, 불현듯 고민이 몰려오는 새벽 같다고 해도, 곧 아침이 밝아올 것을 믿는 마음으로 배낭끈을 쥔 손에 힘을 실을 수밖에. 그렇게 세상에서 가장 작은 섬의 여행이 시작된다.

가능성의   자리

"데려다줄게."

운전하는 사람은 내가 아닌데 너는 헬멧을 나에게 씌운다. 갑자기 머리를 감싸는 묵직함에 고개가 휘청한다. 듬성듬성 시야를 가리는 앞머리 사이로 네 얼굴이 보인다. 나도 분명 너처럼 어쩔 줄 모르는 표정으로 웃고 있겠지.

　너는 등을 돌려 앉고는 비스듬히 뒤를 돌아보며 신호를 보내듯 또 한 번 웃는다. 나는 네 어깨에 손을 올리고 네 등에 가슴을 대고 자세를 잡는다. 마치 올라간 시소 같은 높이에 저절로 어깨에 힘이 들어간다. 넘어지지 않으려고 네 허리를 안으니 그건 두 번째 신호가 되어 바이크는 달리기 시작한다.

　밤하늘이 움직인다. 나무가 흔들린다. 달은 부지런히 소리를 내면서 달리는 우리를 따라온다. 헬멧 틈 사이로 거센 바람이 불고, 소매 없는 옷을 입은 팔 위에는 소름이 돋는다. 처음 느껴본 그 속도감에 저절로 입가가 굳는다. 어차피 너에게는 들리지도 않을 말을 중얼거리며 네 등에 얼굴을 대고 허리를 두른 팔에 힘을 싣는다. 제각각이었던 두 개의 호흡은 조금씩 하나가 된다.

눈앞에 펼쳐진 검은 길은 오늘 밤이 지나도 끝나지 않을 것 같다. 정신을 차리라는 듯 순식간에 지나가는 가로등 불빛에 그저 눈이 감긴다. 묵직하게 부는 바람 소리와 모터 소리가 귓속을 가득 채운다. 내 몸 전체가 거대한 바람이 된 것 같다. 불어오는 바람 안에 휩쓸려가더라도 어색하지 않을 또 하나의 바람이 되어간다.

나는 바람인데 집에는 왜 돌아가야 되나 싶다. 너 역시 좀처럼 빠른 길을 찾으려 하지 않고 말없이 달리기만 한다. 방향은 정해져 있지만 우리는 그곳으로 갈 마음을 잃는다. 그저 몸을 더 가까이 붙인 채 우리 앞에 놓인 새로운 가능성을 찾기 시작한다. 오직 두 사람만 깨어 있는 어둠 속에서 서로의 호흡과 체온이 가리키는 또 다른 방향을 찾기 시작한다.

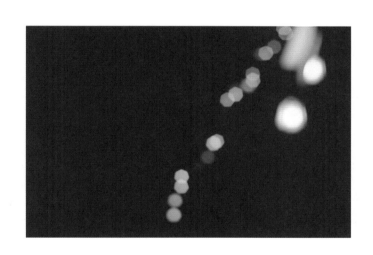

Lost and Found

한밤중에 누군가를 기다리는 사람의 마음속에는 분실물이 있다. 지금 필요한 건 그 사람 하나밖에 없다는 생각. 내 시간은 오직 그에게만 속해 있다는 실감. 깊은 밤에 누군가를 기다리다 보면 마음은 점점 외골수가 된다.

밤에 누군가를 기다려야 한다면 그곳에 가늘고 긴 의자가 있었으면 좋겠다. 나 하나 겨우 엉덩이를 붙일 수 있는 폭에, 두어 사람이 나란히 앉을 수 있는 길이의 나무로 만든 의자가 있었으면 좋겠다.

찻집 앞이든, 버스 정류장이든, 대로변이든 아무 데나 무심하게 놓여 있을 그 의자에 앉아 있다면 기다림의 시간이 결코 지루하지 않을 것이다. 하늘을 올려다보며 별의 숫자를 셀 수 있고, 땅바닥을 들여다보면서 풀을 뜯거나 목을 내민 채 저 멀리 도로를 기웃거릴 수도 있다. 그렇게 생산성이라고는 없는 소일거리를 친구 삼아 하염없이 누군가를 기다리고 싶다.

누군가를 기다린다는 것은 오로지 한 사람을 위해 시간을 보내는 일이다. 밤이 나를 위한 시간이라면 밤의 기다림은 내 시간의 일부를 오직 그에게 바치는 일이다. 기다림이 예상보다 길어질지라도, 그저 기다림으로만 끝나버릴지라도, 나 아닌 누군가를 생각하며 시간을 보내는 일 속에는 나조차 가늠할 수 없을 만큼의 그리움과 애정이 담긴다.

밤에 누군가를 기다린다는 것은 그 시간마저 내 것으로 만들겠다는 약속과도 다름 아니다. 밤은 그 살가운 약속을 반긴다. 그 시간 동안 우리는 더욱 간절하고 맹목적인 사람이 된다.

한강에   가자

어색한 시간을 견딜 수 없는 밤에는 한강으로 간다. 온몸에 바람을 맞으며 아이가 날리는 연에 대해 이야기하고, 듬성듬성 푸른색을 띠는 잔디에 대해 이야기하고, 주차장에 대해, 자전거에 대해, 돈을 내고 빌려야 하는 돗자리에 대해 이야기한다.

대화는 생기를 띠고, 미처 몰랐던 상대의 취향에 대해 알아가거나 짐작해볼 만한 것들이 강변에는 널려 있다. 머쓱한 시간을 더 머쓱하게 만들어줄 벤치도 있고, 한겨울도 아닌데 다리를 옹송그리며 내려가야 하는 둔치도 있어서, 그 주변에 가만히 앉아 어색한 시간을 보내며 세상에서 제일 어색한 사람이 된다.

한참을 앉아 있고 싶을 줄 알았는데 한밤의 강변은 사람을 빨리 떠나고 싶게 만드는 재주가 있다. 눈에 들어오는 온갖 경치와 사람들에 대해 한 마디씩 참견하고 나면 맥주를 홀짝이거나 컵라면을 먹는 것 말고는 달리 할 게 없어진다.

아니 그건 그냥 하는 말이고, 무방비할 정도로 자연스러우면서도 어쩐지 진지해지는 공간에 더 긴 시간을 앉아 있다가는 서로의 숨소리를 듣게 되고, 눈빛을 읽게 되고, 그러다가 두 사람이 함께하는 이 시간을 소중히 여기게 될 게 빤하다. 그게 아직은 이르다 싶을 때는 결심한 듯 엉덩이를 탈탈 털고 일어날 수밖에 없다. 늦었다는 핑계를 대며. 별로다, 라고 괜히 타박하면서. 이 어색함이 드디어 끝났다는 것에 안도하면서.

한밤의 강가에는 두 사람의 마음을 묶어주는 뭔가가 있다. 바람이, 흔들리는 물이, 각자의 시간에 전념하고 있는 사람들이 그 어색한 시간을 어색하긴 하지만 누려볼 만한 시간으로 만들어준다.

그래서 더는 어색함을 견딜 자신이 없는 밤에는 한강으로 간다. 될 대로 되라는 심정으로. 뭐라도 있겠지, 라는 기대를 품고. 세상에서 제일 어색한 장소가 어떻게든 도와줄 거라 믿으며 한강으로 향한다.

밤의   수영장

나는 밤의 수영장에서 수영을 배웠다. 정확히는 밤에 수영장에서 처음 물에 몸을 떠워봤다. 친구가 빌려준 비키니 수영복을 몸에 걸치고 차가운 물에 손가락, 발가락, 온몸을 담그는 데 성공했다. 누가 봐도 온몸에 묻은 물을 떼어내려는 것 같은 움직임을 보고도 친구는 열렬히 감탄해줬다.

그날 밤, 수영장 물 위로 보석처럼 흔들리는 물결과 하늘에 떠 있는 달과 별과 친구의 황송한 칭찬에 취해서 온몸의 근육이 놀랄 때까지 첨벙거렸다. 그리고 이제는 여행을 떠날 때마다 수영복을 제일 먼저 챙기는 사람이 되었다. '밤 수영하기'가 새로운 취미가 되었다.

밤 수영은 세상에서 가장 물을 무서워하는, 실은 물보다 사람들의 시선이 더 두려운 겁쟁이들에게 특히 도움이 된다. 안 그래도 지나치게 육체적이어서 사람을 주눅 들게 만들고, 늘 많은 사람들이 어수선하게 움직이는 낮 수영장의 모든 요소들이 빠진

밤의 수영장은 모든 긴장을 가만히 풀어놓기에 더할 나위 없는 장소이기 때문이다.

밤의 물은 밤공기를 닮아 차분하고 묵직하다. 낮에는 그저 남의 공간이라고만 느껴졌던 그곳에 몸을 풀어놓으면 수영장 물은 목욕물처럼 포근하게 온몸을 감싼다. 그렇게 서서히 물에 대한 공포를 떨치다 보면 수영에 대한 낯가림도 조금씩 사라진다.

그럴 때 그 시도 자체를 너그럽게 칭찬할 뿐 빤히 쳐다보거나 비웃거나 놀리지 않는 친구나 연인이 있다면 그 시간은 더욱 완벽해진다. 어느새 용감해진 마음으로 불빛보다 눈부신 달빛 아래서 헤엄을 치거나 수영장 주변을 춤추듯 배회하며 호기롭게 다이빙을 시도할 수도 있다.

무턱대고 낭만적인 기분을 느껴보고 싶을 때면 깊은 밤 수영장으로 가자. 그 낭만 한가운데서 물과 수영에 대한 두려움을 없애는 거다. 몸이 물에 뜨는 짜릿함을 경험하는 거다.

서울   이방인

가끔씩 혼자 일박이일 서울 여행을 한다. 가방에 하루치 짐을 챙기고 평소 묵어보고 싶었던 호텔에 방을 잡은 다음, 관광객처럼 남산이나 시청, 명동, 경복궁 등 '서울의 명소'를 구경한다.

어디다 쓸지 알 수 없는 풍경사진이나 셀카를 찍기도 하고, 온갖 상점을 돌아다니며 충동구매도 하고, 한국인보다 외국인이 많은 식당에서 밥을 먹고는 백화점 지하 매장에 들러서 맥주나 와인, 군것질거리를 사들고 호텔방으로 돌아오는 것으로 하루를 마무리한다.

이 여행의 목적은 여행이 아닌 낯선 방에 있다. 나고 자라 익숙한 도시에서 발견해낸 낯선 방에서 하룻밤을 보내는 일로 잠깐이나마 '의미 있는 쓸데없는 짓'을 시도하는 것이다.

누군가가 반짝반짝 닦아놓은 욕조에 몸을 담그고, 바삭거리는 목욕가운을 걸치고, 주름 하나 없이 깔아놓은 하얀 시트 위에 몸을 눕히면서 대접받는 기분을 느끼는 일. 서울 시민이 아닌 서울 여행자로서 일말의 호기심과 여유를 품고 낯선 방구석을 어슬렁대는 일. 그러다 질리면 침대에 대충 걸터앉아 와인을 따고 안주를 질겅거리면서 마치 처음 보는 프로그램인 양 텔레비전에 몰입하는 일이 전해주는 즐거움을 만끽한다.

그날은 평소보다 이른 시간에 잘 준비를 한다. 커튼을 단단히 치고, 희미한 전등 하나만 밝히고, 착실하게 이불을 덮고 눕는다. 낯선 방에 누워 있다는 실감이 가장 강하게 느껴지는 순간. 공기도, 온도도, 습도도, 향기도 다른 방에 가만히 누워 있으면 나는 내가 아닌 다른 사람이 된다. 이제껏 한 번도 만난 적 없는, 이해할 수 없는 습관과 알 수 없는 언어를 가진 누군가가 된다.

그러나 저 멀리 벗어놓은 양말과 개켜놓은 바지가 눈에 들어오는 순간 착각은 사라진다. 낯설어야 하는 것은 내가 아니라 이 방이다. 내가 달라지기 위해서가 아니라 잠깐 다른 장소가 필요했던 것뿐이다.

한참을 방 안 가득한 고요를 받아들이고 있으면 몸속 가장 깊은 곳에 있는 오래된 뚜껑 하나가 딸깍, 하고 열린다. 없어도 상관없지만 하나쯤 있으면 쓸모 있을 것 같은, 앞으로 채워나가야 할 작은 통 하나를 발견한 느낌이 든다.

　내일 일상으로 돌아가면 나는 그 통을 잊고 살겠지. 하지만 어느새 통이 가득 차면 또 한 번 작은 짐을 싸서 서울 여행을 떠날 것이다. 새롭게 찾은 낯선 방에서 철저히 모범적인 하룻밤을 보내면서 딸깍, 하고 뚜껑이 열리는 소리가 들려오기를 기다릴 것이다.

　기꺼이 유배를 당한 듯 차분하게 보내는 서울에서의 하룻밤. 휴식과 여행과 일상의 틈에 있는 기묘한 하루를 온전히 마무리하기 위해 가만히 눈을 감는다. 눈앞에 있던 낯선 방이 사라지고 익숙한 어둠이 두 눈을 가득 채우기 시작하면 일탈을 위한 작은 여행은 서서히 막을 내린다.

바Bar 의자　　구함

집 앞에 단골 바가 있었으면 좋겠다. 거기에 내 지정석이 있었으면 좋겠다. 계산하는 곳 바로 앞, 사장님이 늘 휴대전화를 들여다보며 앉아 있는 카운터 바로 맞은편 자리가 내 자리였으면 좋겠다. 혼자 가도 사장님의 지인으로 보여 멋쩍지 않고, 주문을 하고 기다리고 계산하는 과정도 최대한 짧게 끝낼 수 있는 자리.

밤이 되면 집으로 가는 대신 그곳으로 퇴근해서 진토닉을 마실 것이다. 만화책을 읽거나 맥주를 마시면서 유튜브를 보며 낄낄거릴 것이다. 가끔은 콜라만 주문하면서 금주를 결심할 수도 있을 것이다. 그러나 내가 그 바의 단골이 된 이유는 다른 게 아닌 바 의자 때문이다.

바를 완성하는 세 가지 요소는 사장님, 음악, 바 의자다. 특히 바 의자는 바의 심장이라고 할 수 있다. 적당히 딱딱한 스펀지 위에 어두운 색 '레자'가 씌워져 있고, 은색으로 반질반질하게 코팅한 철제가 허리를 감싸주며 의자의 형태를 완성하는 바 의자.

푹신한 단체석 소파보다 바 의자가 중심을 이루고 있는 바가 진짜 바인 것이다.

바 의자에 앉을 때마다 매번 기분이 들뜬다. 어디 한번 제대로 축축해져볼까, 하는 느낌이 든다. 그 위에 앉아 땅에 닿지 않는 두 발을 까딱거리면서, 켜놓은 건지 아닌지 분간이 안 되는 희미한 불빛을 바라보면서, 오래 써서 울퉁불퉁해진 종이 코스터 위에 놓인 술잔을 만졌다 들이켰다 하는 시간이 왜 그렇게 좋은지 모르겠다.

하지만 나처럼 그 자리를 반기는 사람은 별로 없다. 안정감이 없다고, 성가시게 돌아가는 의자가 불편하다고, 바에 가놓고도 기어이 펑퍼짐한 소파 자리를 찾아 앉는다. 그래서 그 자리가 좋은 건데. 거기 앉으려고 여기 온 건데.

그래서 그 모든 걸 신경 쓰지 않고 실컷 바 의자를 향유할 수 있는 단골 바가 동네에 있었으면 좋겠다. 늦은 밤에 혼자 스윽

들어가서 사장님이나 직원들과 대충 눈인사만 나눈 다음 내 전용 바 의자에 올라가 앉고 싶다. 그런 다음에는 마시고 싶은 만큼, 엉덩이를 붙이고 있고 싶은 만큼 있다가 카운터에 스윽 지폐를 올려놓고 조용히 돌아오는 것이다.

음악은 늘 시끄럽지 않게 깔리고, 매상이 걱정될 만큼 손님이 없으며, 안주는 없어도 술 종류만큼은 섭섭하지 않게 구비되어 있는 곳. 무엇보다 소파 자리에 앉으세요, 라며 괜한 친절을 베풀지 않는 사장님이 있는 바. 매일 밤, 그 어떤 의자보다 편안할 내 지정석에 앉아서 눈앞에 놓인 술잔만큼의 축축한 기분을 느끼고 싶다.

밤의   드라이브

새벽에 우리가 있어야 할 곳이 꼭 집이어야 하는 건 아니다. 어둠의 시간을 함께 보내야 하는 사람이 꼭 가족이나 연인, 친구여야 하는 것도 아니다. 밤이 될수록 이불을 박차고 나가고 싶어질 수도, 사랑하는 사람과 잠시 거리를 두고 싶어질 수도 있다. 나역시 수많은 질문과 관계에 지쳐서 가만히 동굴에 갇히고 싶은 새벽이면 불쑥 밖으로 나가 운전대를 잡는다.

컴컴한 차 안에 앉아 밤길을 달리다 보면 나만의 공간이라고 여겨지는 곳은 차 안이 아닌 차 밖의 길이다. 낮에는 수많은 사람들과 공유해야 했던 모든 것들이 온전히 내 시야만을 위해 펼쳐지는 것 같은 반가운 착각과 함께 마음은 점점 고즈넉해진다.

어디로 향하는지는 중요하지 않다. 그저 시속 육십 킬로미터 언저리로 차를 몰다가 신호등을 기다리기 싫으면 우회전을 하고, 유턴이 내키지 않으면 직진하는 것으로 순간순간 방향을 정한다.

한참을 달리다 도착한 곳이 고속도로 휴게소라면 잠시 내려서 커피를 마시고 다시 왔던 길을 거슬러 집으로 돌아온다. 도착한 곳이 어렸을 때 다니던 학교 앞이라면 어둠 속에서 더 기괴해 보이는 건물을 차 안에서 두리번거리며 팔 위에 돋은 소름을 문지르고 돌아오거나, 단 한 번의 정차도 없이 몇 십 분 동안 달리다가 아파트 주차장으로 들어올 때도 있다.

그렇게 제멋대로인 드라이브를 마치고 침대에 누우면 조금 전에 길에서 보낸 시간들이 자면서 꾼 꿈은 아닌지, 그저 머리로 그려낸 환상은 아닌지 야릇한 기분이 든다. 딱히 기억에 남는 것도, 아무런 의미도, 뭐 하나 얻은 것도 없는 시간. 그 텅 빈 느낌을 얻기 위해 한참을 달리다 온 사람이 느낄 수 있는 만족감만 남는다.

아무것도 없는 어둠을 아무것도 없는 상태가 되어 느끼는 일. 어둠이나 마음보다 더 깊은 침묵을 만나는 일은 새벽에, 불쑥,

혼자서 하는 드라이브에서만 느낄 수 있다. 새벽 공기가 세척해준 마음과 한껏 나른해진 몸으로 새벽잠을 청하는 일도 밤의 드라이브를 통해서만 누릴 수 있는 호사다.

빗소리가 좋아졌어

매일 아침 어딘가로 출근하지 않게 되고 나서부터 비가 좋아졌다. 비는 특히 소리가 좋다. 후두둑 떨어지는 빗소리에 잠에서 깨는 것도 좋고, 창문을 두드리는 빗소리를 들으며 잠에 빠져드는 것도 좋고, 빗방울이 아스팔트를 적시는 소리를 들으며 책 읽는 시간도 좋다.

한밤중에 창문 앞에 앉아 빗소리를 듣고 있으면 잠시 정물이 된다. 아무것도 하지 않고 가만히 있어도 누구 하나 뭐라고 하지 않는 고요한 돌멩이가 된다.

번개와 천둥을 동반하지 않은, 아무런 복선과 음모도 없다는 듯 순하게 내리는 비에는 서정이 있다. 유리창에 맺힌 물방울에는 낭만이 있으며 차분하게 가라앉는 공기에는 평화가 있다. 가만히 빗소리를 듣고 있으면 마음은 조금씩 폐쇄적이 된다. 비가 내리기 시작할 때 누군가와 함께 있었다면, 비가 그칠 때까지 그와 함께 있기를 바라게 된다.

비를 맞거나 우산을 쓰고 누군가가 불쑥 찾아오는 일도, 축축한 공기를 나누며 함께 머물던 누군가가 자리를 비우는 일도 비 오는 날에는 배로 쓸쓸하게 느껴진다. 비는 내 마음에 한 사람 분의 자리를 비워두고, 그 자리에 있어야 할 사람을 기억한다. 마치 유난히 낯을 가리는 사람처럼, 떠들썩한 변화를 달가워하지 않는다.

눈이 마음을 들뜨게 한다면 비는 귀를 들뜨게 한다. 눈이 길을 어지럽힌다면 비는 마음을 어지럽힌다. 하지만 비가 주는 모든 자극은 사람을 위험하게 하지도, 마음을 엉뚱한 곳으로 데려다놓지도 않는다. 그저 조용히 마음을 가라앉힐 뿐이다.

가끔은 투두둑 하는 소리로 나락으로 떨어질 뻔한 마음을 잡아주기도 한다. 비는 당분간 그치지 않을 테니 벌써부터 마음이 쓸려가서는 안 된다고, 이 소리에 너무 깊이 빠져 헤매지는 말라고 이따금 생각났다는 듯이 마음을 챙긴다.

빗소리를 좋아하고 나서부터는 비 오는 날이 더 좋아졌다. 성가신 외출이 있는 날, 바짓단이 젖고 발바닥이 축축해지더라도 창문과 천장이 있는 장소가 있다면 숨어들고 싶어진다.

비 내리는 풍경을 하염없이 바라보면서 그곳에서 잠깐 눈을 감을 수 있었으면 좋겠다. 그게 밤이면 더 좋겠다. 그런 날은 마치 태어나서 처음으로 빗소리를 들어본 사람처럼 온몸으로 그 소리를 받아들이고 싶다. 슬프지도 우울하지도 기쁘지도 설레지도 않은 평화로운 시간을 보내며 가만히 정물이 되어가고 싶다.

심야고속버스

심야고속버스를 타고 있을 때의 마음으로 평생을 살 수 있다면 삶은 보다 더 편안해질 것이다. 빛나는 거라고는 버스의 전조등과 멀리서 불을 밝히는 낯선 집들이 다인 공간. 도로 위의 표지판들과 어둠에 휩싸인 하늘과 땅, 시작과 끝을 알 수 없는 나무들만 겨우 보이는 창가에 앉아 있다 보면 어느새 마음은 고요해진다.

머릿속에는 수많은 생각이 떠다니지만 나는 그 모든 생각을 아무렇지 않게 받아들일 수 있다. 상상력을 키우거나 멈추거나 지우는 것도 그리 어려운 일이 아니다. 심야고속버스 안에서는 가장 안정된 마음과 자세로 생각을 이어갈 수 있다.

밤의 고속버스는 내 안에 있는 욕망과 고민, 희망과 두려움과 주도면밀함을 모두 드러낸다. 하지만 그 앞에서 나는 그저 유연하다. 매일 밤 침대 위에서 뒤척이며 온갖 생각에 질식당할 듯 괴로워하던 사람은 어딘가로 사라지고, 우아하고 현명한 사색가 하나가 앉아 있다.

　머릿속 생각은 때때로 혼잣말이 되어 끊임없이 말을 건다. 그 시간을 통해 나는 내 안에 쓰인 문장에 밑줄을 긋는 독자가 되고, 내 안의 소리와 음악에 귀 기울이는 청중이 된다.

　적당한 진동. 어둡고 조용한 사위. 숙면에 최적인 공간에 앉아 있으면서도 결코 잠들지는 못하는 이유는 그 불면의 시간이 그저 달가워서다. 생각이 그저 생각에만 머무는 시간이 낯설게 기분 좋아서다. 그 시간을 통해 나는 나에게 더 다가갈 수 있다. 그 어떤 자기애나 자기연민 없이, 그저 편안한 상태의 나를 바라볼 수 있는 제삼자의 눈과 마음을 가질 수 있다.

　한밤의 고속버스는 더 깊은 공상의 세계로 나를 이끈다. 그 시간이 만족스러워서 자꾸 눈을 뜨게 된다. 아무리 피곤해도 잠을 자고 싶지가 않다.

밤바다

밤바다가 왜 좋은지 모르겠다는 사람을 위해서 너는 밤새 차를 몰았다. 내가 조수석에 가만히 앉아서 들려오는 음악에 어깨를 움직이거나, 빛나는 표지판에 눈을 감거나, 운전하는 너의 옆얼굴을 들키지 않을 정도로 힐끔힐끔 쳐다보는 사이 차는 자그마한 휴게소에 도착했다.

한밤의 고속도로 휴게소에서는 우리 두 사람이 가장 순진한 얼굴을 하고 있었다. 내가 딱히 구경할 것도 없는 슈퍼마켓을 어슬렁거리다 뜨거운 커피 두 잔을 사는 동안 너는 돈가스가 든 쟁반을 들고 어디 앉을지 두리번거렸다.

마치 서로에게 가까이 다가가면 벌금이라도 물어야 하는 것처럼 드문드문 앉아 있는 사람들에게서 또 한 번 멀리 떨어진 곳에 앉아서 나는 커피를 마시고, 너는 돈가스 접시를 비웠다.

몇 시간 후 우리는 밤바다에 닿았다. 으슥한 주차장에 차를 세우고, 의지가 되지 않는 전등을 따라 바다 쪽으로 걸어갔다.

아무리 어깨를 잔뜩 움츠리고 각자의 팔짱을 굳게 끼면서 종종 걸음을 쳐봐도, 바람은 온몸을 휘감고 머리는 산발이 되고 어느새 신발 안에는 모래가 서걱거렸다.

바다 바깥의 날씨는 이미 봄이지만 밤바다는 늘 한겨울이다. 그 한가운데에 서서 배려라고는 없이 철썩철썩 밀려들었다 멀어지는 파도 소리를 듣고, 어디가 끝인지 모르겠는 바다 끝을 찾아보고, 세로로 걸어왔던 길만큼을 가로로 걸어봤지만, 여전히 나는 밤바다의 매력을 발견하지 못한다. 밤바다는 춥고 시커멓고 시끄럽고, 얼른 자리를 뜨게 만드는 불길한 기운만 떠돈다.

내 옆에서 어때? 라고 묻는 듯 활짝 웃던 너에게도 고마움을 느끼지 못한다. 차에 기름을 채우고, 내내 운전을 하고, 돈가스를 먹고 커피를 마시면서 졸음을 떨치던 성의가 사무쳐 금세 민망해진다. 그런 네가 꼭 밤바다 같다.

왜 나는 밤바다가 좋아지지 않을까. 왜 나는 너를 좋아할 수 없을까. 밤바다 같은 사람과 밤바다에 서서 생각해본다. 만약 네가 네가 아니었다면, 어느 밤, 네가 아닌 사람과 밤바다에 대해 이야기했다면, 나는 결코 밤바다를 춥고 시커멓고 시끄러운 곳이라고만 말하지는 않았을 거다. 아무리 내가 그렇게 말했다 해도, 네가 네가 아니었다면 이렇게 한밤중에 차를 몰아 먼 곳까지 달려오지도 않았을 거다.

결국 밤바다가 문제가 아닌 것이다. 네 뒷모습을 보면서 다른 사람을 떠올리는 내가 문제다. 그 비겁함과 지긋지긋함을 떼어버리려고 머리를 흔들며 뛰어가 네 어깨를 두드린다. 너는 조금 불안하게 웃으며 내 손을 잡고 묻는다. "와보니까 좋지?" 천천히 그 시선을 피하며 대답한다. "좀 더 있어보고."

밤바다에 익숙해지는 데도, 너에게 적응하는 데도 아직 더 시간이 필요하다. 아직도 나에게 밤바다는 춥고 시커멓고 시끄럽기만 하다.

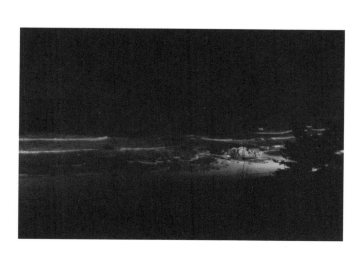

한밤의

입원실

아픈 사람을 바라보는 건 힘든 일이지만
아픈 사람을 바라보는 사람을 보는 것도 쉬운 일은 아니다.
눈만 마주치면 복잡한 표정을 짓는 사람들을 보거나
애써 밝은 듯 건네는 농담을 자꾸 들어야 하는 건
맥 빠지는 일이다.

하지만 이곳에서 생기는 분노와 한숨은 다 나를 향한 것.
할 줄 아는 게 아무것도 없는 사람이 된 게
받아들여지지 않아서
하루에도 여러 번씩 울컥한다.

낮에는 늘 눈을 감는다.

나에게는 나의 밤이 없으니까.

조금이라도 혼자가 되려면

스스로 밤을 만드는 수밖에 없다.

대신 모두가 잠든 밤에는 잠시라도 더 긴 시간 눈을 뜬 채로,

내가 잃어버린 많은 것들을 그리워하는 시간을 갖는다.

한밤의 입원실은 나를 잃게 하는 곳.

매일 하루치만 살면서도

그 하루가 내 것이 아니라는 실감을 강요받는 곳.

삶과 더 가까워지기 위해 들어온 곳임에도

삶으로부터 자꾸 멀어지고 싶게 만드는 곳이다.

묵직한 밤

밤배를 탈 때마다 죽음에 대해 생각한다. 우렁찬 소리를 내며 모터가 돌아가면 선체도 따라서 흔들리고, 점점 거세지는 바람이 머리카락을 흐트러뜨리기 시작하면 죽음을 떠올린다.

배 위에 앉아 있는 사람에게는 배 밖의 모든 것이 더 깊은 심연으로 떨어져 내릴 전조로 느껴진다. 지금은 착실하게 떠 있는 이 배가 언제 어떤 풍랑과 바위를 만나 뒤집어지거나 부서질지 모른다. 오늘이 내가 배를 타는 마지막 날이 된다 해도 이상하지 않을 것 같다는 불길한 상상은 자꾸 덩치를 부풀려간다.

그러나 정작 배가 바다의 한가운데에 닿으면 오히려 마음은 차분해진다. 사위는 고요하고, 침묵은 묵직하고, 손을 뻗으면 빨려 들어갈 것 같은 어둠이 눈 위와 발아래까지 넓고 깊게 펼쳐져 있는 밤배 위에서는 죽음이 바짝 다가와 있음이 느껴진다.

죽음이 나와 멀리 있다고 여길 때 죽음은 두려움이 된다. 죽음은 나와 관계없는 것이라는 믿음은 죽음에서 도망치려는 생각을 낳는다. 그러나 막상 죽음과 가까이 있다는 실감이 들면 마음은 태평해진다.

그래서일까. 흔들리는 배 위에서는 평소보다 눈을 더 크게 떠서 어둠의 끝을 응시할 수 있다. 조금만 용기를 내면 깊이를 알 수 없는 물속으로 들어갈 수도 있을 테고, 그렇게 영원히 잠들 수도 있을 것이다. 깊이 잠드는 것은 안정감을 줄 텐데, 그런 게 죽음이라면 두렵지 않을 수 있겠다는 뚝심도 생긴다.

그러나 태평함은 그리 오래가지 않는다. 배가 속력을 줄이며 육지로 다가가는 순간 바다는 다시 위험한 존재가 된다. 바다 위에서 본 아름다운 풍경은 겨우 건진 사진 몇 장처럼 조각난 기억으로 남고, 배 위에서 느꼈던 고요함은 바다에 빠뜨리고 온 가방처럼 아득하다. 발이 흙에 닿는 순간 나는 죽음에서 도망치듯 걸음을 재촉한다. 또다시 바다와 어둠을 두려워하는 겁쟁이가 된다.

하지만 밤배 위에서 죽음 가까이에 닿았다고 느꼈던 순간만
큼은 좀처럼 잊히지 않는다. 죽음은 그리 대단한 일이 아니라고
여기던 마음도 조금은 남아 있다. 그러니 이제부터 문득 죽음이
두려워질 때는 밤배를 타야겠다. 그러면 죽음도 삶과 비슷하다
는 것을, 그저 가만히 살아가다 보면 언젠가는 닿게 될 곳이라는
것을 어렴풋이 깨닫게 될 테니.

밤의   세계

아직 발견되지 못했을 뿐 이 세상에는 밤의 세계라는 또 다른 행성이 존재한다. 하루가 스무 시간의 밤과 네 시간의 낮으로 완성되는 곳. 그곳 사람들의 생활은 밤을 중심으로 이루어지기에 낮에는 죽은 듯 잠을 자거나 온몸을 늘어뜨린 채 휴식한다. 그들에게 있어 낮은 다가올 밤을 더 잘 보내기 위해 마음을 다지는 시간이다.

밤의 세계에 사는 사람들은 비밀을 사랑한다. 자신이 품은 모든 비밀을 아끼고 다른 비밀을 가진 타인에게 신비로움을 느낀다. 그 이유로 그들은 매 순간 서로에게 매혹당한다. 한 사람이 품은 비밀은 그에게만 주어진 보석이라 여기며 비밀을 지키는 일에도 열중한다.

밤의 세계에 사는 사람들은 마음을 표현하기 위해 침묵을 사용한다. 끌리는 사람 앞에서는 표정으로, 사랑하는 연인에게는 눈빛으로, 전하고 싶은 말이 있을 때는 최대한 속삭이는 목소리로 마음을 드러낸다.

　그들은 진심을 표현하는 일에 '밤을 닮은 감각'을 최대한 동원한다. 밤의 세계에서 가장 아름다움을 인정받는 사람은 눈빛이 달빛을 닮은 사람, 온 얼굴에 어둠을 품고 있는 사람이다. 그들은 타고난 매력을 묵묵히 드러내며 사람들에게 밤을 닮고 싶다는, 그 밤을 닮은 사람을 갖고 싶다는 열망을 불러일으킨다.

　밤의 세계에 사는 사람들은 밤만큼이나 자연을 아낀다. 담을 쌓고 문을 달아 집을 만들기보다는 나무 옆이나 강가에 머문다. 그렇게 사계절 내내 들풀을 이불로 덮고 바위를 베개로 베며 커다란 나무가 만들어내는 바람을 맞으며 살아간다. 마음이 힘들 때나 우울할 때면 강물에 손과 발을 담그고, 풀을 쓰다듬고, 나무 위에 걸터앉아서 마음에 쌓인 찌꺼기를 날린다.

　음악을 듣고 싶을 때면 오디오의 볼륨을 높이는 대신 목소리를 낮춘다. 침묵하면 더 잘 들리는 주변의 소리들에 귀 기울이며 고개를 까딱이거나 춤을 춘다. 가끔은 규칙적으로 들리는 자연의 선율에 노랫말을 붙이거나 떠오르는 멜로디를 덧붙여 노래한다. 그렇게 자연의 소리에 붙인 자신의 문장을 많이 갖고 있는 사람은 음악가라 불린다.

화가는 풍경 대신 마음을 그린다. 그곳 사람들에게 미지의 세계는 자연이나 낯선 풍경이 아니라 누군가의 마음이다. 나와는 다른 우주를 품고 있는 타인의 마음을 상상하는 일로 그들의 예술혼은 실현된다. 그렇게 완성된 작품들이 사람들의 마음을 자주 움직일수록 예술가는 진가를 인정받는다.

만약 어느 밤 문득 누군가가 밤의 세계로 가는 길을 발견했다면, 오직 그 밤에 깨어 있는 사람들만 눈치챌 수 있게 사인을 보내줬으면 좋겠다. 그렇다면 우리는 아쉬울 거라고는 하나도 없다는 듯 몸을 일으켜, 아무것도 들지 않은 두 손을 느슨히 쥐고, 익숙한 잠옷 자락을 펄럭이며 밤의 피크닉을 떠날 것이다.

달빛의 조용한 응원을 받으며 타박타박 걷다 보면 새벽이 끝날 즈음 밤의 세계에 도착할 것이다. 어느새 우리는 그곳의 새로운 음악과 그림과 언어가 되어 밤의 세계는 밤마다 조금씩 더 풍요로워질 것이다.

four

어둠에
빛나는 것들

밤의   주인공

밤의 주인공은 소리다. 어둠이 내린 뒤, 모든 게 뒤로 물러나면 소리가 앞으로 나설 차례다. 밤에 나는 모든 소리는 그 울림만으로도 사연을 안고 있다.

밤에 더 크게 들리는 소리가 있다

길고양이의 울음소리, 나뭇가지가 흔들리는 소리, 깡통이 보도 위를 구르는 소리, 길을 걸으며 통화하는 누군가의 목소리, 자동차가 급하게 출발하는 소리, 급하게 출발했다가 이내 급정거하는 소리, 앰뷸런스가 달려가는 소리, 이웃이 쓰레기봉투를 던지는 소리, 취객들이 비틀대며 걸어가는 소리, 억울한 사람이 고함치는 소리, 물이 끓는 소리, 낡은 냉장고가 돌아가는 소리, 엘리베이터 문이 열리는 소리, 누군가의 발자국 소리, 초인종을 누르는 소리, 비닐봉지가 구겨지는 소리.

이 소리들에 어떤 이는 잠에서 깨고, 어떤 이는 아예 잠 못 이루지만, 이 모든 소리는 세상이 무사히 진행되고 있다는 사실을 알려주는 신호다.

밤에만 느껴지는 소리가 있다

손과 손을 마주 잡는 소리, 가만히 껴안는 소리, 두통이 오는 소리, 안녕, 하며 손 흔드는 소리, 하루가 저무는 소리, 계절이 지나가는 소리, 뾰루지가 생기는 소리, 눈썹이 움직이는 소리, 손톱이 자라는 소리, 빨래가 마르는 소리.

들리지도 보이지도 않지만 침착하고 성실하게 진행되는 이 소리들은 우리가 삶을 견디고, 사랑하고, 그 안에서 익숙해져가는 증거다.

밤에만 보이는 소리도 있다

불현듯 보고 싶어지는 소리, 마음이 움직이는 소리, 진심 앞에서 망설이는 소리, 거짓말을 만드는 소리, 마음이 닫히는 소리, 서로가 멀어지는 소리, 소중히 여기고 소중히 여겨지는 소리, 뼛속까지 미워하는 소리, 한 사람을 비로소 용서하는 소리, 친구가 되어가는 소리, 외로움이 흐르는 소리, 잊고 잊히는 소리, 사랑이 시작되는 소리.

이 소리들은 그 어떤 소리보다 빠른 속도로 마음에 다가와 그날 밤의 마음을 지배한다.

밤에는 들리는 소리가 아닌 느껴지는 소리에 밝은 사람이 되고 싶다. 모든 감각의 촉수가 열리는 밤에는 보이는 것만 믿겠다는 생각을 내려두고, 들리는 것에도 진심이 있으며 들리지 않는 것조차 소리를 내고 있음에 주목하고 싶다.

밤마다 새로운 귀를 갖고 싶다. 들리지 않는 소리의 움직임을, 그 소리에 깃든 감정을 알아차리는 마음 밝은 사람이 되고 싶다.

한밤의　전화

한밤중에 불쑥 걸려오는 전화. 그 안에는 얼른 전하지 않으면 안될 용건보다 용기와 긴장이 더 크게 들어 있다. 통화 내내 "안 자고 뭐 해요?" "왜 안 자는데요?" 같이 딱히 대답이 궁금하지도 않은 질문을 던지거나, 짤막하게 한숨을 쉬거나, 해도 그만 안 해도 그만인 대화만 이어진다는 게 그 이유다. 하지만 그렇게 아무렇지도 않음을 가장하는 전화야말로 아무렇지 않지 않은 전화일 가능성이 크다는 것을 우리는 경험과 학습을 통해 알고 있다.

꼭 전하고 싶은 마음일수록 밤이 되어서야 꺼낼 용기가 생긴다. 그래서 늦은 밤이 되면 없는 자신감을 짜내고 울렁거리는 두근거림을 다독여가며 전화기를 든다. 최대한 산뜻하게 인사를 건네고 문득 생각나서 걸었다는 듯이 대화를 시작한다. 결코 자연스럽지 않게 이어지는 전화를 끊고 난 후 만족감보다 후회가 밀려오더라도 별일 아니었다고 위로하며 애써 잠을 청하거나 한참을 뒤척이거나 한다.

그런 밤에는 낭만이라는 단어가 손에 잡힐 듯 가까이에 있는 듯한 느낌이 든다. 무릇 낭만이란 조금 불편하고 어색하며 아슬아슬할수록 마음 깊이 새겨지는 법. 언제든 할 말이 생각나는 대로 메시지를 보내거나 답글을 남길 수 있는 시대에, 휴대전화 주소록에서 이름 하나를 찾고, 두세 번 망설인 다음 통화 버튼을 누르고, 긴장을 감추며 쓸데없는 이야기를 이어가는 행위에 어떻게 낭만이란 말이 어울리지 않을 수 있을까.

그러므로 한밤중에 걸려온 전화만큼은 절대 놓치고 싶지 않다. 평소 그렇게 가깝다고 여기지 않았던 사람이 건 전화일수록 더욱더 챙겨 받고 싶다. 문득 밤에 한 사람이 자꾸 생각나 먼저 전화기를 들게 되는 순간 역시 소중히 여기고 싶다. 한밤중의 통화에서 중요한 건 우리가 어떤 이야기를 나누는지가 아니라 그 깊은 밤에, 다른 사람도 아닌 서로에게 전화를 걸었다는 사실 자체니까.

깊은 밤의 통화는 수화기 너머의 상대와 물음표와 느낌표를 주고받는 일이다. 따라서 그 내용이 무의미한 만큼 더욱 묵직한 의미를 갖는다. 그리고 분명 둘 중 하나는 그 전화 한 통 때문에 밤새 마음이 헝클어진다.

옆자리가   특별한 이유

아무리 칠흑 같은 어둠 속에서 방향을 잃고 헤매더라도 누군가의 손이 있다면 걱정 없다. 그 손을 잡는 순간 어디든 갈 수 있으며, 더 이상 헤매지 않고 무엇도 두렵지 않을 수 있다. 손바닥 하나로 전해지는 듬직한 온기와 다정한 보살핌은 깜깜한 길에서도 전등이 되고, 방향을 알려주는 나침반이 되며, 온몸을 지탱할 수 있는 지팡이가 된다.

손은 깊은 밤의 옆자리를 더욱 특별하게 만들어준다. 사위는 어둡고 잔인할 만큼 조용해도, 조금만 손을 뻗으면 닿을 수 있는 곳에 누군가의 손이 있다면 대화는 시작되고 마음은 탐색된다. 진심과 거짓을 거를 수도 있다.

어쩌면 그 손이 새로운 상처나 눈물이 될 수도 있지만 그럼에도 불구하고 어두운 밤이면 굳게 맞잡게 된다. 지금 의지할 것은 이것밖에 없다는 심정으로. 이 손을 잡지 않고서는 이 어둠이 시작되지도, 끝나지도 않을 거라는 듯이 그 손에 담긴 모든 것을 믿게 된다.

　밤이 특별한 이유는 내 옆에 누군가의 손이 있기 때문이다. 창피하기도 하고, 자랑스럽기도 하고, 때로는 나조차 이해할 수 없는 시간을 쌓아온 나의 손이 또 다른 누군가와 만나는 시간이기 때문이다. 그 손 안의 추억과 견해, 의지와 절망까지 모조리 내 안에 담겠다는 각오로 한밤중에 누군가의 손을 굳게 잡는다. 서로 다른 두 손이 만나는 것만으로도 밤의 마음은 든든한 내 편을 얻는다.

냄새라는 향기 나는 말

그 많은 말 중에서 '냄새'라는 말은 얼마나 다정한가. 향기라는 말은 어쩐지 멋 부리는 말 같아서 우리는 냄새라고 발음하는 것으로 그 안에 깃든 향기를 떠올린다. 밥 짓는 냄새, 아기 냄새, 목욕을 마친 몸에서 나는 비누 냄새, 당신의 목 뒤에서 나는 아직 이름을 붙이지 못한 냄새. 이럴 때 냄새라는 말은 눈을 감고 떠올리는 것만으로도 냄새가 느껴지는, 향기라는 말보다 더 향기 나는 말이다.

어둠은 냄새와 나 사이의 간격을 좁혀준다. 방 한구석에 켜둔 향초는 순식간에 온 공간을 아이스크림 냄새로 채우고, 아파트 정자 위에 핀 아카시아 향기는 밤이 되면 거실의 방향제가 된다. 오후에 널어놓은 빨래가 밤바람에 흔들릴 때마다 아껴 쓰는 섬유유연제 냄새가 방 안 가득 퍼지고, 밤새 입고 있던 외투에서는 단골 술집에서 피우던 향냄새가 남는다. 당신을 세게 껴안고 집으로 돌아오는 날에는 셔츠를 벗을 때 나에게서 당신 냄새가 난다. 그런 밤은 방 안에 서서 당신의 옷 같은 내 옷을 손에 쥐고 한동안 아무것도 하지 못한다.

밤의 냄새는 사람과 사람 사이의 간격을 좁혀준다. 우리는 밤이 되면 특유의 존재감을 드러내는 타인의 향기에 더욱 민감해진다. 해가 떠 있는 동안에는 느껴지지 않던 친구의 화장품 냄새는 밤이 되면 그녀가 어떤 사람인지를 더욱 잘 나타내주며, 왠지 모르게 익숙하게 풍겨오는 누군가의 향수 냄새는 그 사람의 취향을 가늠하게 만들고, 밤이 되면 더욱 가깝게 느껴지는 당신의 체취는 당신을 향한 내 애정의 크기를 깨닫게 한다. 밤은 냄새가 갖는 존재감, 그 안에 숨은 진심과 가능성에 주목한다.

같은 이유로 우리는 한밤중에 누군가가 발산하는 향기 앞에서 사그라진 애정을 느끼기도 한다. 하지만 그럴 때일수록 이전에 그가 내뿜던 아름답고 정겨운 냄새를 기억해낼 필요가 있다. 변한 건 그가 품은 냄새가 아니라 잠시 코끝으로 자리를 옮긴 내 마음일지도 모르니까. 냄새로 누군가가 멀게 느껴지는 밤에는 내 마음이 부리는 변덕에 너그러워질 필요가 있다.

밤은 유난히 향기에 관대하다. 그래서 밤만 되면 부지런히 좋은 냄새를 배달하며 마음을 열어보라고 유혹한다. 밤은 향기를 사랑하니까, 밤을 사는 사람들도 향기를 사랑하기를 바란다.

화이트 셔츠

한밤중에 화이트 셔츠를 입고 있는 남자는 위험하다. 특히 몸에 크지 않게 잘 맞는, 피부색이 살짝 비치는 두께의, 옷 위로 주먹을 꽉 쥐면 그 자리만큼 구겨지는 소재로 된, 아무런 무늬와 장식도 없는 긴팔의 화이트 셔츠를, 목 아래로 단추를 두 개 정도 풀고, 소매를 대충 접어서 입은 남자만큼 위험한 사람은 없다.

맞은편에 그런 남자가 앉아 있으면 좀처럼 대화에 집중할 수 없다. 그의 얼굴을 쳐다보고 눈을 맞추고 이야기에 귀를 기울이는 대신 셔츠 아래에서 조금 팽팽해진 그의 팔과 어깨, 접어 올린 소매에만 자꾸 시선이 간다.

만약 그가 느슨하게 팔짱을 끼고 있거나, 두 팔꿈치를 탁자에 대고 어깨를 앞으로 기울인 채 이야기를 이어간다면 아예 그 대화에는 관심조차 두기 힘들어진다. 식당의 누르스름한 불빛 아래에서, 술집의 희미한 조명 아래에서 내내 이도 저도 아닌 표정만 짓게 된다.

한밤에 화이트 셔츠를 마주하고 있으면 어느새 그가 보낸 하루를 상상하게 된다. 새하얀 셔츠가 구겨지지 않도록 팔을 꿰어 입는 아침, 일하는 동안 소매를 대충 걷어 올리고는 종일 그걸 내릴 생각도 못 하던 오후, 혹시 더러워질까봐 하루 종일 신경을 쓰지만 어김없이 뭔가를 흘리고 마는 저녁, 어깨를 두어 번 털고 소매를 내렸다가 새로 접어 올리는 것으로 나갈 준비를 마치는 퇴근길.

한밤에 화이트 셔츠를 입은 남자를 볼 때마다 어느새 그 셔츠와 함께했을 하루치의 고단함이 떠올라 어쩐지 그라는 사람 자체가 듬직하게 느껴진다. 한 사람이 갖고 있는 단정한 관능, 순수한 고집, 부드러운 피로를 느껴보고 싶다면 한밤에 화이트 셔츠를 입은 남자와 마주 앉아봐야 한다.

좀   걷자

늦은 밤이 되어서도 낮에 받은 상처 때문에 어쩔 줄 모르는 사람이 곁에 있다면, 좀 걷자, 라고 말하자. 말없이 걷는 밤길은 두 사람의 발소리에만 귀 기울이게 할 것이고, 부산한 가슴은 조금씩 발걸음의 리듬을 따라갈 것이다. 귀뚜라미들은 보이지 않는 곳에서 부지런히 배경음악을 만들고, 길고양이들은 바위처럼 앉아 두 눈을 찌푸리며 그 마음이 누그러지는 과정을 지켜볼 것이다. 그럴 땐 우리도 길가에 있는 풀이 되는 거다. 아무도 이름을 모르는, 그 밤에 처음 땅 위로 돋아난 풀이 되어 한 사람의 한숨과 눈물을 받아들이고, 마음속 고동이 잠잠해지길 기다리는 거다.

깊은 밤에 할 말이 있어 찾아온 누군가가 그저 머뭇거리기만 한다면 좀 걷자, 라고 말하자. 부드러운 밤바람은 맨 종이 같은 얼굴에 표정을 만들 것이고, 아늑한 밤의 온도는 그 마음에 용기를 전할 것이다. 그럴 때 할 수 있는 일은 말없이 보폭을 맞춰 걷는 일. 그의 걸음이 빠르면 빠른 대로, 느리면 느린 대로 그가 멈춰 서면 나도 멈춰 서고, 그가 앉으면 나도 앉으면서 같은 움직임으로 그의 편이 되는 것이다. 조금만 지나면 그는 숨겨둔 사연을 하나씩 꺼내놓을 것이다. 그때는 그저 고개를 끄덕이며 귀 기울이기만 하면 된다.

끈질기게 마음을 짓누르는 일 때문에 잠도 오지 않는 밤에는 좀 걷자, 라고 나에게 말하자. 이불을 걷어 몸을 일으키고, 포근한 옷을 꺼내 입고, 가장 편안한 신발에 발을 꿰고 밖으로 나서자. 태평하게 머리 위를 비추는 달을 따라서, 밤 냄새를 콧속 가득 집어넣으면서 씩씩하게 두 팔을 휘두르며 걷자. 손과 발에 없던 목적이 생기면 마음과 머리는 잠시 물러서 있을 차례. 그렇게 달리듯 걷다 보면 지금은 머릿속 고민을 해결하는 일보다 튀

어나올 것 같은 심장에 집중하는 일이 더 급하다는 것을 알게 될
거다.

한밤에 마음이 자꾸 분주해진다면 그 마음은 잠시 내버려두
어야 할 마음이라는 뜻. 그럴 땐 그냥 좀 걷자, 라고 이야기하자.

내 이름을   불러줘

깊은 밤에 당신이 내 이름을 불러주면 나는 훌륭한 사람이 된다. 모르는 것이 없고, 뭐든 할 수 있으며, 망설임마저 용기로 바꿀 수 있는 당당한 사람이 된다. 당신의 목소리로 발음되는 나의 이름은 이제껏 한 번도 들어보지 못한 칭찬이며 헌사다. 그 이름을 가진 나는 이제껏 없었던 자랑스러움을 어깨에 달고, 손톱만큼의 두려움도 느끼지 않는, 담대함을 얻는다.

나를 이름으로 불러주는 사람이 곁에 있는 밤에는 더 잘 살고 싶다는 생각이 든다. 누군가에게 다정하게 불린 그 이름에, 그 울림에 알맞은 사람이 되어야겠다고 다짐한다. 그렇게 나는 더 나은 사람이 된다. 당신도 나에게 더 귀한 사람이 된다.

밤

스크랩북

한밤중에 창문을 열었을 때

낮보다 더 큰 구름이 하늘에 떠 있는 풍경.

헤어지기 직전에야 손을 잡는 어린 연인들.

침대 헤드에 기댄 채 코끝에 안경을 올리고 책을 읽는 당신.

길고양이가 나를 향해 한 발짝 내딛는 순간.

휴대전화에 도착한 '얼른 만납시다!'라는 문자메시지.

아주 작은 횡단보도를 손을 꼭 잡고 건너는 노부부.

아빠가 *끄는* 유모차 안에서 잠이 든 아기.

온 힘을 다해서 세차게 흔들렸다 멈추는 나뭇가지들.

작게 오려놓을 수 있는 밤이 있다면

이런 것들을 모아두고 싶다.

밤을 　 사랑하는 법

밤을 두려워하는 사람이 두려워하는 것은 밤이 아니다. 그가 두려워하는 것은 밤에 시작될 일들, 밤이 되면 보이는 것들과 보이지 않는 것들, 밤이 되면 깊어지는 생각들이다. 어둡고 선명하지 않아서 믿을 수 없지만 밤과 함께 찾아와서 음산한 기운으로 마음을 묶어놓는 것들, 어둠에 무게를 더하고 불안을 키우며 때로는 더 깊은 나락으로 데리고 가는 것들이 두려운 것이다.

밤을 사랑하는 사람이 사랑하는 것도 밤이 아니다. 그는 밤에 시작될 만남과 사랑, 밤이 되면 성큼 다가오는 감정, 밤이 되어서 밝혀지거나 가려지는 비밀과 거짓말, 밤에 펼쳐지는 마음과 상상력을 사랑한다. 밤을 둘러싼 모든 것들이 어떤 이에게는 두려움으로, 어떤 이에게는 즐거움으로 다가올 뿐이다.

하지만 해가 뜨고 지는 게 우리의 일이 아니듯 밤을 둘러싼 일도 우리의 일이 아니다. 어둠의 시간에 우리가 할 수 있는 일은 그 시간을 그저 죽은 시간으로 여기지 않는 일. 어둠 속에도 빛이 있고, 움직이는 생명이 있으며, 다양한 소리와 노래와 이야기가 있다는 것을 발견하는 일이다. 그리고 그 안에서 나만의 장소와 시간을 찾아가는 일이다. 밤을 둘러싼 모든 것에 귀 기울이는 사람에게 밤은 더 이상 두렵지 않은 시간이 된다. 사랑하지 않고는 안 될 상냥한 시간이 된다.

안도의 　시간

잠이 오지 않는 밤에 찻잔을 손에 쥐면 안도의 시간이 시작된다. 가늘고 딱딱한 유리 끝에 입술을 대는 순간, 시간과 생각은 멈추고 밤은 새로운 온도를 얻는다. 차 한 모금은 손을 데우고, 입술을 데우고, 가슴을 데운 다음 그날의 기분을 데운다. 그 뜨거움은 서서히 그 하루 전체를 데운다.

　좋아하는 컵에 뜨거운 물을 붓고, 티백을 넣고, 물 색깔이 변하기를 기다렸다가 고집스러운 색을 내는 찻물을 한 모금 삼키면 나를 둘러싼 밤이 시작된다. 그렇게 오 분 전보다 따뜻한 어둠의 한가운데에 앉아 내 안을 채우는 온기를 느껴보는 일. 멈춰버린 시간과 마음을 실감하는 일은 깊은 밤의 차 한 잔이 건네주는 위로다.

　밤에 뜨거운 차 한 잔을 마주한 사람의 마음속에는 스스로의 작은 수고를 통해 데운 마음과 시간을 느끼고 싶은 바람이 있다. 아직은 보이지 않는 가능성이 다가오리라는 기대도 있다.

그래서 한밤중, 몇 모금의 차를 담은 찻잔 하나는 손끝에 전해지는 온도만큼이나 묵직한 의미를 갖는다.

농담이야

이 세상에 절대 웃을 수 없는 농담이 딱 하나 있다면
농담이야, 라는 말 뒤에 놓이는 말이다.
그 말은 두고두고 담아두어
더 이상은 보관할 수 없을 만큼 커진 마음이 하는 말이고
덧붙인 말 한 마디 때문에 더 큰 무게를 갖게 되는 말이다.
특히 밤에 하는 농담이야, 라는 말은
앞에 한 말이 다 농담이 아니었음을 알려주기 위한,
아슬아슬하고 의미심장한 말이다.

밤에는   새로운 언어가 필요하다

밤에는 마음을 표현하는 일에도 조금 더 은근해질 필요가 있다. 무심한 것 같아도 무심하지 않은, 모르는 것 같아도 결코 모르지 않는 음흉함도 쓸모가 있다. 어둠은 묵직한 울림과 깊은 집중력, 더 넓은 파장을 갖고 있기에 밤에는 새로운 언어가 필요하다.

깊은 밤에 누군가가 보고 싶어져 전화를 건다면 보고 싶어, 라는 말 대신 평소 자기 전에 뭐 해? 라고 묻는 것이다. 질문을 받은 사람은 왠지 근사한 대답을 들려주고 싶지만, 정작 할 수 있는 말이라고는 특징 없는 것뿐이어서 순순히 대답하는 사이 서서히 멋쩍어진다. 그러나 별거 아닌 질문에 별거 아닌 대답을 하는 동안, 수화기 너머의 마음이 전해져온다. 당신의 아주 사소한 것도 나에겐 중요한 지식이 된다는 사인을 받은 것처럼, 앞으로 이보다 더 쓸데없는 질문에도 계속 귀 기울일 거라는 예고를 들은 것처럼 떨어져 있는 두 마음은 어느새 같은 장소에 놓인다.

밤에 누군가를 밀어내고 싶을 때면 미안해, 대신 고마워, 라고 말하는 것이다. 미안해할 일이 있는지도 몰랐던, 아니면 곧 밝혀질 이유를 기다리던 상대는 갑작스러운 감사 인사에 어리둥절해하다가 이어지는 침묵에 할 말을 잃는다. 고맙다는 말은 두 사람이 공유한 과거에 대한 인사이기 때문에. 내일이 없는 관계에서 보여줄 수 있는 최선의 매너는 친절함이기 때문에. 변한 마음으로 건네는 고맙다는 말은 나에게 있어 당신은 예의를 갖춰 대해야 하는 타인임을 알리는 말이다. 그래서 사랑했던 사람에게 비장하게 건네는 고맙다는 말 한 마디는 상처가 된다. 미안하다는 말보다 더 폭력적인, 헤어짐의 전조가 된다.

대신 밤에 사랑을 전하고 싶다면 사랑해, 라는 말 대신 미워 죽겠다, 라고 말하는 것이다. 밤의 마음은 허락받지 못한 애정, 단념해야만 하는 사랑 앞에서 늘 갈피를 못 잡지만, 밤의 머리는 그럴 때일수록 더욱 냉정해져야 한다는 걸 안다. 그럴 때는 사랑한다는 말 대신 미워한다고 말하는 것이다. 그 말은 누군가를 향한 원망이기도 하지만 허둥대는 나를 향한 푸념이기도 하니까.

지독한 미움은 지독한 애정과 맞닿아 있어서, 죽도록 미운 사람은 어떻게 해도 미워지지 않을 사람이다. 그래서 깊은 밤에 결코 끊지 못할 애정을 표현하기에 가장 적절한 말은 사랑해,가 아닌 미워해,다. 세상에는 미워한다는 말로밖에 표현할 수 없는 사랑도 있는 법이다.

보리차

새벽에 목이 말라서 깰 때마다 집에는 꼭 마실 물이 없다. 이 시간에 걸어서 십 분은 걸리는 편의점까지 가는 일은 생각하기도 싫고, 다시 자자니 목은 점점 더 마르고, 수돗물을 마시는 건 영 안 내킨다.

어렸을 때도 가끔 이랬다. 한밤중에 목이 말라서 잠에서 깨면 그때마다 집에는 마실 물이 없었다. 하지만 엄마는 없는 물도 만들어내야 하는 사람. 목 마르다고 투정을 부리면 엄마는 잠에 취한 몸으로 어기적어기적 부엌으로 가셨다. 잠시 후 가스레인지에 불붙이는 소리가 들린다. 지금 물을 끓인다고? 그때까지 언제 기다려? 끓는 건 몰라도 식기까지는 또 언제 기다리느냐고.

원망과 짜증이 섞인 동작으로 베개를 끌어안고 이리 뒹굴 저리 뒹굴 하고 있으면 엄마는 하얀 대접 한가득 보리차를 담아 오셨다. 어둠 속에서도 박력 있게 김을 내뿜는 대접을 내게 건네는 대신 베란다 여닫이 유리문을 열고 바닥에 내려놓은 후 다시 문을 닫으셨다. 뜨거운 물을 급하게 식힐 때 엄마가 쓰는 방법. 한참 누워 있다가 베란다에 대접을 놔뒀다는 사실을 까먹어갈 즈음 엄마는 내 등을 쓸어내리며 말씀하셨다. 물 다 식었을 거야.

그 한마디에 졸음을 떨쳐내고 베란다를 향해 비틀비틀 걸어갔다. 미닫이 유리문을 열면 꽁꽁 언 겨울 새벽 공기가 두 볼에 훅 끼치고, 긴 내복이 닿지 않는 목 위로는 소름이 돋았다.

나는 일곱 살 아이의 언어로는 도저히 표현할 수 없는 갈증에 사로잡혀 상체만 베란다를 향해 엎드린 채로 차가운 대접에 입술을 갖다 댔다. 그렇게 대접 윗부분은 차갑지만 밑으로 갈수록 점점 따뜻해지는 보리차를 마치 삼 일은 물 구경 못한 사람처럼 단숨에 마시고 나면, 언제 목마른 적이 있었냐는 듯 졸음이 밀려오기 시작했다.

이 새벽에 그 보리차 맛을 떠올리다니. 추억에 잠기는 건 그만두고 이불을 박차고 몸을 일으켜 부엌으로 나선다. 작은 주전

자에 물을 담아 가스레인지에 불을 붙인다. 찬장을 뒤져 찾은 보리를 몇 알 떨어뜨리고 물색이 연한 커피색이 될 때까지 그 자리에 가만히 서서 기다린다.

보리차가 다 끓으면 대접 가득 담아서 창문 밖에 잠시 놔둬야겠다. 그러면 차가우면서 미지근하고 결국은 시원한 보리차를 아주 오랜만에 마실 수 있을 테니까. 그다음엔 다시 다리에 이불을 돌돌 말고 눈을 감는 거다. 갈증 따윈 느껴본 적도 없다는 듯이.

가장 친한 　동네 친구

아무리 깊은 밤이어도 슬리퍼만 신으면 무적이 된다. 그럴 때 신는 건 슬리퍼가 아니라 '쓰레빠'다. 세상에 그 이름만으로도 마음을 해제시키는 사물이 있다면 쓰레빠는 단연 선두를 차지할 물건이다. 특히 얇은 줄 두 개로 발등을 감싸는 플립 플랍, 일명 '쪼리'는 신을 때마다 해방감을 안겨준다. 만날 때마다 힘 빼고 사는 법을 몸소 가르쳐주는 '노는 친구'처럼 어느새 온몸의 긴장을 스르륵 풀어준다.

슬리퍼를 신으면 그곳이 어디든 '바로 집 앞'이 된다. 동네라는 실감이 주는 가뿐함. 가끔 지긋지긋해질 때도 있지만 대부분 위로받는 그곳으로 나설 때마다 슬리퍼가 함께한다. 적당히 닳고 늘어나 어느새 내 발보다 커진 슬리퍼를 대충 꿰어 신고, 밥을 먹으러 나가거나 쓰레기봉투를 사러 가거나 호프집 플라스틱 의자에 앉아 수다를 떤다. 허름하고 볼품없는 그 한 켤레는 나만큼이나 우리 동네를 잘 안다.

멀리 여행을 떠날 때면 매일 신는 슬리퍼도 같이 간다. 풍경과 말은 낯설고, 물과 사람들과 음식에도 적응이 필요한 여행 첫날밤에는 일단 익숙한 슬리퍼를 꺼내 신고 숙소 앞을 배회한다. 한 오 분 정도 어슬렁거리다 보면 굳은 얼굴은 어느덧 부드러워지고 딱딱했던 어깨도 툭 하고 풀린다. 슈퍼가 여기 있네. 근데 과일이 다 오래된 거네. 이 나라 약국은 이렇게 생겼네. 세탁소랑 현금인출기는 저기 있구나.

두 발이 이끄는 대로 이리저리 두리번거리다 보면 어느새 나는 쓰레빠를 질질 끌고 집 앞을 배회하는 동네 주민이 되어 있다. 마음에 들든 아니든 조금 아까 짐을 푼 곳은 당분간 우리 집이고, 여기는 한동안 우리 동네다. 매일 이렇게 슬리퍼에 발을 꿰고 동네를 걷다 보면 어느덧 이곳에 정이 들겠지. 도착한 첫날 마음속에 떠돌던 예상은 떠날 즈음 늘 적중한다.

슬리퍼는 해가 진 시간에 가장 어울리는 신발이다. 한밤중에 구두는 너무 꽉 막혀 보이고 운동화는 너무 본격적이지만 슬리퍼는 나 이렇게 탁 트인 사람이야, 라고 쓸데없는 일에 뿌듯해하는 동네 아저씨 같다. 혹은 밤만 되면 집을 뛰쳐나가 놀 생각만 하는 여중생 같다. 슬리퍼란 본래 밤에 불쑥 나가고 싶을 때를 위해 만들어진 거라고, 망설이는 일 따윈 어울리지 않으니 일단 신고 나가라고 자신의 온몸으로 말하고 있지 않은가.

그렇게 슬리퍼를 신고 밤을 걷다 보면 발가락 사이로 바람이 솔솔 들어오고, 모래와 나뭇잎이 발등을 간질이고, 가끔은 발을 헛디뎌 누군가가 흘린 아이스크림 위에 발바닥 도장을 찍기도 한다. 덕분에 그리 길지 않은 한밤의 산책을 마치고 난 발바닥은 늘 슬리퍼 밑창만큼 새까매져 있다.

저 슬리퍼 안 되겠다고 투덜거리며 발을 닦고도 내일이면 또 아무렇지 않게 그 슬리퍼와 함께 밤길을 나선다. 슬리퍼는 깨끗한 게 오히려 어색한, 때 묻을수록 더 편해지는 신발이니까.

그러고 보면 나의 가장 친한 동네 친구는 다른 누구도 아닌 슬리퍼다. 함께 마트도 가고, 호프집도 가고, 우체국도, 병원도, 약국도 가니까. 기분이 좋아 유난히 발걸음이 가벼운 날이나 몸과 마음이 모두 물에 젖은 솜이불처럼 무거운 날에도 묵묵히 내 발걸음을 따라와 주니까.

　　익숙한 슬리퍼 한 켤레만 있으면 나는 무적이 된다. 마음 잘 맞는 동네 친구와 함께 밤길을 걷는 것처럼 든든해진다.

손빨래

머릿속을 텅 비게 하는 행동에는 공통점이 있다. 일정한 동작의 반복에, 끝이 정해져 있으며, 신체 부위 중 한두 군데를 무던히 움직여야 한다는 것. 그 리듬감에 익숙해진 몸이 아무런 저항 없이 같은 움직임을 반복하고 있을 때 복잡한 머릿속도 따라서 단순해진다.

한밤중에 아무 생각 없는 상태에 돌입하고 싶다면 손빨래가 도움이 된다. 커다란 대야에 물을 채워서 빨랫감을 푹 담그고, 축 늘어진 옷들에 부지런히 비누를 문지르다 보면 머릿속도 점점 말끔해진다.

빨래를 하는 동안에는 빨래에 대해서만 생각한다. 오후 내내 머리를 짓누르던 골칫거리나 아까까지 잠을 설치게 만들던 고민거리는 어느새 남의 일이 되고, 주어진 임무라고는 옷감에 묻은 때를 지워내는 것, 티셔츠와 속옷과 수건에 붙어 있는 비눗물을 떨쳐내는 것이 전부인 사람이 된다. 매일 쓰는 근육과는 다른 근육이 움직이는 느낌, 굳이 안 해도 될 일을 열심히 하고 있다는 이상한 실감도 마음에 든다.

그렇게 빨랫감을 비비고 두드리고 헹구고 나서 빨랫감이 투명한 물 위에 동동 떠 있는 풍경을 보면 내 마음도 그 안에서 둥둥 떠 있다 나온 것처럼 투명해지는 기분.

손빨래의 하이라이트는 빨래 널기다. 세탁기를 돌릴 때는 가장 귀찮은 과정이지만 손빨래를 할 때만큼은 이 시간이 제일 반갑다. 아무리 꼼꼼히 짜도 물기가 떨어지는 빨랫감을 베란다나 방 안 건조대에 하나씩 널고 있으면 묵직했던 실내 공기는 가습기를 틀어놓은 듯 축축해진다. 그 안에서 마치 삼림욕을 하듯 한참을 뒹굴며 뻐근한 두 팔을 몇 번 흔들다 눈을 감으면 적당히 물기 어린 잠을 잘 수 있다.

단점이 있다면 삼 일이 지나도 좀처럼 옷이 마르지 않는다는 것. 한 이틀간 손목의 뻐근함이 사라지지 않는다는 것. 장마철에는 옷 구석구석 묘한 냄새가 남는다는 것.

그럼에도 불구하고 머릿속을 텅 비우고 싶은 밤에는 어김없이 손빨래를 하게 된다.

수면양말

가볍고, 부드럽고, 따뜻하고, 포근해서 존재만으로도 사람을 마음 놓이게 하는 물건을 딱 하나 골라야 한다면 그건 수면양말일 것이다. 한 사람의 몸에서 가장 차가운 부위를 데우는 일이 주어진 임무의 전부라는 듯 겨울밤마다 충직함을 발휘하는 존재. 그럼에도 아침에 눈을 뜨면 늘 엉뚱한 데 처박혀 있어야 하는 존재. 하지만 다음 날 밤이 되면 어김없이 찾게 되는 존재.

수면양말의 가장 큰 매력은 모양에 있다. 보기만 해도 발이 따뜻해지는 보드라운 천과 사랑스러운 색깔, 어떤 발을 가진 사람이라도 신을 수 있을 것처럼 두루뭉술한 사이즈까지. 얼른 손을 내밀어 쓰다듬지 않고는 못 배길 것 같은, 모두를 끌어당기는 마성의 외모다. 수면양말을 보기만 해도 따뜻하고 포근한 밤이 연상된다.

겨울밤이 되면 몸을 씻고 수면양말을 신는 것으로 그날의 마무리를 한다. 방바닥에 앉아 하염없이 멍해지든, 소파에 비스듬히 기대 텔레비전을 보든, 침대에 드러누워 이리 뒹굴고 저리 뒹굴든 두 발은 늘 수면양말에 감싸인 채다.

낮 동안 추위에 떨었던 두 발이 유일하게 대접받는 시간. 딱딱한 구두와 낡은 실내화 안에서 하루 종일 혹사당한 두 발은 성기고 아늑한 수면양말 안에서 나른하게 기를 편다. 두 발이 긴장을 풀면 몸 전체가 따라서 하염없이 노곤해진다. 그럴 때는 이불 속으로 들어가 편안하게 베개의 위치를 잡고, 가장 좋은 자세로 누워 두 발을 이리저리 움직여가며 수면양말을 벗는다.

벗을 때조차 부드러움 그 자체인 수면양말은 내일 밤에도 어딘가에서 불쑥 발견되어 차가운 두 발을 데워줄 것이다. 어느새 따뜻해진 두 발을 비비며 포근한 잠을 청해본다. 수면양말이 없었다면 분명 조금 더디게 다가왔을 이 시간에 감사하면서.

소심한 용기

어느 정도의 위험이 깃든 결정을 앞두고 망설일 때 낮에는 그러지 말자, 라는 결론이 나는 반면 밤에는 갈 때까지 가보자, 라는 결론이 난다. 태양은 마음에 빗장을 채우지만 어둠은 열쇠를 쥐어주며 몸속 깊은 곳에 숨겨둔 무모함과 모험심까지 끄집어낸다.

밤이 되어 갑자기 부여받은 용기 때문에 우리는 몇 시간 전까지 생각도 못한 짓을 저지르고 매혹적인 모든 것 앞에서 무너진다. 신중함과 머뭇거림 대신 무계획과 자신감으로 선택과 행동에 거침없는 사람이 된다.

그러나 해가 뜨고 나면 모든 후회가 시작된다. 어둠이라는 마취제의 효과는 아침이 밝기 전까지만 지속되기에 금세 원래의 나로 돌아오는 것이다. 밝은 해 아래에서 우리는 냉철해진다. 어둠이 다 그렇게 만든 거라고, 밤은 분별력을 앗아간다며 지난밤의 실수를, 지나친 음주를, 호기롭게 해치워버린 다툼과 이별과 온갖 객기를 원망한다.

하지만 그런 밤의 용기에라도 기대고 싶은 밤이 있다. 분명 아침이 오면 후회할 테고, 스스로가 밉고 원망스러워지겠지만 마치 독한 술에 정신을 놓아버리듯 밤의 용기에 잠식당해버리고 싶은 날이 있다.

그러나 얄궂게도 그런 밤에는 용기조차 가까이 다가와주지 않는다. 밤마저도 용기를 내지 않는 날에는 대체 무엇에 기대야 하는 건지 그저 막막해진다.

흉터의   시간

깊은 밤, 나란히 누운 두 사람은 서로의 몸에 남은 흉터에 대해 이야기한다. 적막으로 가득 찬 밤에 누군가의 흉터를 만지며 그에 대해 이야기할 때만큼 서로가 서로에게 관대한 시간은 없다. 한 사람이 가진 흉터에 대해 이야기한다는 것은 그가 쌓아온 상처를 공유한다는 뜻. 그 믿음직한 마음이 얼마나 오래 지속될지는 몰라도 함께 나란히 누운 새벽에는 기꺼이 그러고 싶어진다.

밤은 곧 끝날 것이고, 언젠가 두 사람은 또 다른 흉터를 만나기 위해 서로를 떠날지라도, 두 사람이 쓰다듬던 흉터만큼은 사라지지 않는다. 그리고 그에 대해 이야기했던 시간도 흉터를 쳐다볼 때마다 떠오른다.

그래서 흉터에 대해 이야기하는 것은 서로의 아름다움에 대해 이야기하는 것보다 더 오래 마음에 남는다. 그 기억은 어느새 날카로운 파편이 되어 내 안에 박힌다. 그 추억이 서로에게 새로운 흉터가 되고, 또 다른 역사가 된다.

마지막 밤

우리는 마지막 밤만 되면 기어이 안 해도 될 말을 꺼내고, 그간 못 했던 행동을 시도하며 상대와 나 모두를 당혹스럽게 만드는 데 선수다. 살면서 약소하게나마 쌓아온 신중함과 신체기관 중 하나가 되어버린 소심함은 마지막이라는 불안과 공포 앞에서 맥을 못 춘다. 미처 여물지 않은 감수성은 실수를 만들고, 지나친 솔직함은 상처를 남기며, 그 어떤 추억도 되지 못하는 초라한 기억만을 낳는다. 마지막 밤은 늘 비장하지만, 늘 어수선하고 볼품없다.

하지만 괜찮다. 어차피 마지막 밤은 내 삶이라는 책에 빈 종이로 남겨진 페이지 같은 거니까. 늘 예상과는 다르게 이상하게 채워지고 마는 미지의 몇 장. 우리는 그 페이지를 늘 나와는 다른 나로 채우며 살아야만 하는 이상한 주문에 걸린 사람들일 뿐이다.

불면의   역사

먼 옛날 사람들은 불면을 몰랐다. 그들은 해가 뜨면 일을 시작했고, 해가 하늘의 가운데에 닿았을 때 점심을 먹고 휴식을 취했으며, 날이 어두워지면 집으로 돌아가 잠을 청했다. 그들의 하루는 해의 움직임에 따라 이루어졌다.

그 시절에도 분명 밤에 잠 못 이루는 사람이 있었지만 그들은 그게 무슨 현상인지 알지 못했다. 그저 일시적인 신체의 이상 증상이라 생각해서 몸 상태를 되돌아봤고, 낮에 지은 죄를 밤의 악마가 벌하는 거라고 여기며 이불 속에서 공포에 떨었다. 그들에게 불면이라는 것은 낯설고 석연치 않은 것, 순리를 거스르는 일이었다.

그러던 어느 날, 불면증이었던 에디슨에 의해 발명된 전구로 사람들은 밤에 자지 않아도 된다는 사실을 알게 되었다. 공 모양의 작은 유리가 만들어내는 인공의 달빛, 별빛과 함께 깜깜한 밤에도 낮처럼 지낼 수 있게 된 것이다.

사람들은 그동안 어두워서 할 수 없었던 온갖 것들을 실행에 옮기기 시작했다. 책을 읽고, 밀린 일을 하고, 소중한 사람과 마주 앉아 눈빛과 표정을 살피며 대화를 나눴다. 그러는 동안 불면이 습관이 된 사람들이 늘어갔다.

이제 사람들은 전기가 있어서가 아니라 할 일이 있어서, 생각하고 고민할 거리들이 있고 수많은 유흥이 있어서 밤에 잠들지 못한다. 밤이 깊어도 잠들지 못하는 습관을 탓하면서도 그 습관과 함께 살아간다. 그리고 우리는 습관을 통해 삶의 대부분의 시간을 구원받는다.

만약 누군가가 잠 못 이루는 밤의 대부분을 고민과 걱정으로 보낸다면 그는 그 일을 통해 위안을 얻는 사람이다. 걱정과 고민에 휩싸여서 매일 밤 괴롭고 우울해하면서도 결코 그것을 놓고 싶어 하지 않는 사람이다. 밤의 대부분을 눈물로 보내는 사람이 있다면 그는 눈물 때문에 새로운 내일을 받아들일 수 있다. 날이

어두워질 때를 기다렸다 온갖 쾌락에 몸을 던지는 사람이나 아무것도 안 하고 밤새 멍하니 앉아 있기를 즐기는 사람 역시 자신이 반복하는 행동을 통해 스스로를 지키며 살아간다.

불면의 역사는 이제껏 그랬던 것처럼 앞으로도 반복될 것이다. 미래의 사람들은 지금으로서는 상상할 수도 없는 이유로 뜬눈으로 밤을 보내며 살게 될 것이다. 그러나 그들 역시 우리처럼 각자만의 밤이 있다는 이유로 또 다른 하루를 견뎌낼 것이다.

내가 보내는 밤은 내가 어떻게 살아왔는지를 말해준다. 밤은 곧 나다. 나의 밤을 불면이라는 두 글자로 채우며 사는 것. 그건 괴롭거나 안타까운 일이 아니라 밤을 사랑하는 사람들만이 이룰 수 있는, 아름다운 불면의 역사다.

밤에는 마음이 눈을 뜬다

밤에 육체는 잠드는 대신 마음은 눈을 뜬다. 침대에 기대 피곤한 몸을 늘어뜨리면 할 말로 가득 찬 마음은 비로소 입을 연다. 머리맡에 놓인 전등 하나는 메마른 마음에 성냥을 그어주고, 흔들리며 불을 밝히는 향초는 싸늘한 마음에 온기를 더해주며, 머그컵에 담긴 차 한 잔은 뭉친 마음의 근육을 풀어준다. 달가운 밤의 공기에 기대어 마음은 숨겨둔 이야기를 꺼내기 시작한다.

그럴 땐 그저 밤이 들려주는 소리에 귀 기울이면 된다. 밤이 오면 다가오는 마음, 밤이 되면 완성되는 생각, 밤이 다가와서야 들리고 보이고 만져지는 것들에 곁을 내주면 된다. 오늘 밤 나에게 온 감정은 어둠이 걷히기 전까지만 유효한 것이므로. 그 느낌과 실감이 낡거나 변하기 전에 누리고, 새벽이 주는 안도감에 젖어 새 하루를 버텨낼 힘을 마련하는 일은 우리에게 주어진 신성하고도 유일한 임무다.

밤은 하루 중 유일하게 나를 위해 허락된 시간이다. 너덜너덜해진 마음을 위해 마련된 공백이다. 밤을 보내는 것은 그 앞에 마주 서는 일. 망설이든, 길을 잃든, 주저앉아 눈물을 쏟든 어김없이 쨍한 아침은 찾아온다는 결론 때문에라도 나는 밤을 사랑한다. 아무리 뜬눈으로 뒤척이게 만들어도 미워지지가 않는다. 밤이 있어서 하루를 살고, 밤이 있어서 내일을 버틸 수 있다.

앞으로 다가올 수많은 밤들 앞에 더 담대한 사람이 되고 싶다. 낮보다 밤에 더 아름다운 사람이 되고 싶다. 매일 밤 조금씩 어른이 되면 더 좋겠다. 밤마다 욕심만 는다.

국립중앙도서관 출판시도서목록(CIP)

여자는 매일 밤 어른이 된다 / 지은이: 김신회. ── 고
양 : 위즈덤하우스, 2014
p. ;   cm

ISBN 978-89-5913-843-2 03810 : ₩12000

한국 현대 문학[韓國現代文學]
불면[不眠]

818-KDC5
895.785-DDC21   CIP2014037291

여자는 매일 밤 어른이 된다

초판 1쇄 발행 2014년 11월 10일
초판 4쇄 발행 2017년 5월 30일

지은이 김신회
펴낸이 연준혁

출판 1본부 이사 김은주
출판 7분사 분사장 최유연
편집 최유연 **디자인** 김준영

펴낸곳 (주)위즈덤하우스 미디어그룹 **출판등록** 2000년 5월 23일 제13-1071호
주소 경기도 고양시 일산동구 정발산로 43-20 센트럴프라자 6층
전화 031)936-4000 **팩스** 031)903-3891
홈페이지 www.wisdomhouse.co.kr
종이 월드페이퍼 **인쇄·제본** (주)현문 **후가공** 이지앤비

ⓒ김신회, 2014

ISBN 978-89-5913-843-2 03810
값 12,000원